바지랑대가 있는 풍경

바지랑대가 있는 풍경

장진숙 수필집

우리글

머리말

　어쩌다 보니 산문집을 내게 되었다.

　부끄러움 많은 순간순간을 주절주절 꺼내어 놓는 일에 어떤 의미를 부여하고 싶지는 않다.

　그저 소심하게 이름도 없이 비틀거리며 흘러 온 흔적을 문득 돌아보는 시간이었다. 나 아닌 내가 되어 시름시름 흘러 온 어쭙잖은 삶을 이쯤에서 돌아보는 작업이었다.

　내 생애 너무 행복한 순간이었던 작은 아이 부부와 함께 한 스페인 여행과 바르셀로나에서 출발했던 지중해 크루즈 여행이며 큰 아이와 작은 아이 부부와 함께 했던 영국 여행 이야기는 넣지 않았다.

　너무도 좋았던 내 생애 최고의 나날들을 아주 오래도록 내 안에 끌어안고 그 빛나던 순간순간들을 홀로 되새기며 무럭무

럭 키우고 싶었다.

　아니 어쩌면 아이들과의 행복했던 시간들이 너무 눈이 부셔서 행여 손이라도 탈까 봐 몰래 깊숙이 숨겨 두고 싶었는지도 모르겠다.

　소심한 내가 이 산문집을 낼 수 있게 끊임없이 용기를 건넨 김소양님께 고마움을 전한다.

2024년 늦은 봄
장진숙

차례

머리말 · 4

2부

3부

바지랑대가 있는 풍경

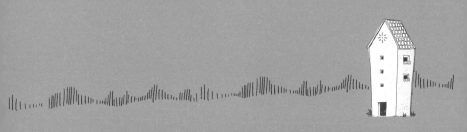

1부

열무김치에 대한 기억

_____ 어쩌다 50여 년 전 그 장면이 그린 듯이 선명하게 떠오른 것일까. 모처럼 옛 친구를 만나 폭풍 수다를 떨다 보니 그런 것 같다.

열여섯 살 고등학교 1학년 초여름, 무덥고 습한 휴일 오후였다. 버스 터미널에서 내가 탈 버스가 도착해 버스를 타려고 버스 출입문 옆에 서서 승객들이 내리기를 기다리고 있었다.

주말이라 어머니가 담가준 열무김치가 든 항아리를 들고 친구와 함께 자취하고 있는 ㅈ시로 돌아가는 길이었다.

사람들이 내리고 마지막으로 중년의 몸집 큰 사내가 차에서 내려오다 그만 미끄러져 내가 들고 있던 보자기에 싼 김치 항아리를 발로 걷어차고 말았다.

순식간에 내 손아귀를 벗어난 항아리가 바닥으로 쨍그랑 소리를 내며 내동댕이쳐졌다. 베이지색 꽃무늬 보자기를 벌겋게 물들이며 김칫국물이 흘러내렸다.

갑자기 일어난 황망한 일에 당황한 내가 어찌할 바를 모르고 허둥지둥하는데, 그 아저씨는 민망한 듯 슬그머니 말도 없이 빠른 걸음으로 도망치듯 사라져 버렸다.

훅 끼치며 달려드는 김치 냄새. 나는 길바닥에 주저앉아 울고 싶었다. 그때 갑자기 소낙비가 주룩주룩 쏟아져 내렸다.

"햇살이 저리 짱짱한데 호랑이가 장가를 드시나, 원!"

누군가 중얼거리며 내 곁을 스쳐 지나갔다. 빗물이 벌건 김칫국물을 씻어주었다.

자취집에 돌아와 한 주 내내 김치 없이 무장아찌와 콩자반을 반찬으로 먹으며 지냈던 기억이 지금도 선하다.

안채 할머니네 시어 꼬부라진 묵은 파김치의 그 질기고 시큼털털한 맛이 50년 안개가 걷히듯이 스멀스멀 피어오른다.

그때는 플라스틱 그릇이 등장하지 않았던 시절이어서 어머니는 매번 작은 항아리에 김치를 담아 보자기에 야물게 싸서 내 손에 들려주곤 했었다.

태양초 햇고추가루 한 줌에 밥 한 덩이, 마늘, 양파, 새우젓, 생강 한 톨을 넣어 커다란 돌절구에 갈아 버무린 어머니의 열무김치는 하루 지나 알맞게 익으면 그렇게 맛있을 수가 없었다. 콩밭 두렁에서 솎아 담근 그 연한 열무김치에 찹쌀고

추장 한 술, 참기름 한 수저, 깨소금을 듬뿍 넣어 비빈 어머니의 양푼 비빔밥.

평상에 둘러앉아 늦은 저녁밥을 먹을 때 모깃불 매운 연기에 고개 들어 밤하늘을 보면 잡힐 듯 선명한 북두칠성이 수호신이 되어주던 곳, 은하수가 기다랗게 와글와글 떼 지어 달려오던 옛집이 그립다.

바지랑대가 있는 풍경

─────── "간짓대바지랑대보다도 높으신 아바지 하나님요, 뻘밭의 세발낙지 먹통보담 엄청시레 시커먼 이 할망구 가심 속에 들러붙은 죄들랑 모다 깨깟하게 쓸어내 주옵시고 부디 무시무 속 겉이 허연 맴으로 살게 해주시라요."

조개잡이 세발낙지잡이로 평생을 살아온 팔순 노파의 기도는 시詩 같다.

나지막한 옴팍집 토방에 기대앉아 하늘을 본다. 티끌 하나 없이 말갛게 쓸어놓은 마당에는 햇볕이 자글자글 모여 논다. 높다랗게 치켜 올린 빨랫줄에 펄럭이는 옷가지들이 눈부시다.

황토벽에 기대어 내다보니 바지랑대보다 높은 것은 푸른 하늘밖에 없다. 저 멀리 산들도 구불구불 휘어진 신작로도 초록이 무성한 동구 밖 느티나무도 마을의 나지막한 지붕들도 노파의 간짓대 아래 나지막이 엎디어 있다.

앞자락에 드리워진 적막한 그림자가 문득 캄캄하고 아득해 노파의 주름진 기도를 중얼중얼 따라 가본다. 뭉게구름도 바지랑대를 딛고 중얼중얼 흘러간다.

울타리를 타고 오른 저 나팔꽃처럼 나도 바지랑대를 타고 올라 저 뭉게구름 위에 누워볼까. 솜이불 같은 구름 위에서 일광욕을 즐겨볼까.

얼룩진 기억들 말갛게 헹구어 가지런히 널어두고 저 바지랑대 높다랗게 들어 올릴까. 축축해진 시간마저 고슬고슬 하얗게 잘 마를 것 같다.

고추잠자리 한 마리가 바지랑대 꼭대기에 날아와 앉는다. 저 잠자리 잠시 쉬었다 가면 고슬고슬 잘 마른 내 마음도 한 자락 걷어 들여야겠다.

제 할 일을 마친 바지랑대를 끌고 적막한 고샅을 돌아 뒤뜰 늙은 살구나무 아래로 갈까.

시끌벅적하게 노파의 간짓대 휘둘러 한바탕 살구를 따면 입 안 가득 샛노랗게 침이 고이겠지.

오늘도 내 시선을 잡아당기는 것은 푸른 하늘 높이 들어 올린 마당의 저 바지랑대다.

봄날의 산책

──────── 잘 생기고 화려하고 현란한 이름의 서양 꽃보다 키 작은 야생화들을 나는 더 좋아한다. 냉이며 꽃다지, 민들레, 제비꽃, 씀바귀, 할미꽃, 괭이밥, 애기똥풀, 딱지꽃, 봄맞이꽃 같은 흙내가 풀풀 나는 정겨운 이름의 흔한 꽃들이 세월이 갈수록 더 사랑스럽고 이뻐 보인다. 언제부턴지 꽃에 대한 인식이 변한 것이다.

오랫동안 중요하고 소중했던 것조차 하루아침에 쓸모없이 팽개쳐지고 존재도 없이 사라지는 불확실성의 시대를 우리는 살아가고 있기 때문이다.

요즘 들어 야생화 토종 꽃에 더 관심을 가지게 되었다. 울안에 옮겨 심어 기르기도 하면서 사라지고 멀어지는 자연과 마주하고 싶어진다.

코로나 이후 산책은 내게 아주 중요한 일과가 되었다. 주변의 야생화들과 더 자주 만나고 있다. 매혹적이고 화려한 서양 꽃보다 눈에 잘 띄지 않아 천천히 걸으며 주변을 살펴보아야 눈에 띄는 존재들에게 더 마음이 간다.

저마다 질긴 생명력으로 때가 오면 힘차게 다시 피어나는 순박한 그들 곁에 허리를 굽히고 앉아 가만히 들여다본다. 욕심 없이 엎드린 나지막한 고향 같고, 들녘에 피어오르는 아지랑이 같다. 가물가물 잊힌 발그레 상기된 소꿉친구 얼굴도 같다.

저물녘 신작로를 덜컹대며 굴러가던 소달구지, 석양을 밀고 가는 저녁 종소리 같아서 들길이나 오솔길 혹은 호숫가나 고수부지를 걸을 때마다 나는 자주 구부려 앉는다.

그렇게 한참을 그것들과 소곤소곤 노닥거리다 보면 어느새 해가 지고 붉디붉은 저녁노을에 몸과 마음이 숯불처럼 발갛게 물들어 돌아오곤 한다.

오래전 어느 눈부신 봄날이었다. 창덕궁에 갔다가 휘경당 툇마루에 앉아 샛노랗게 피어 있는 뜨락의 민들레꽃을 보았다. 더러는 하얗게 세어버린 몇 송이가 이끼 낀 옛 궁궐을 차마 떠나지 못해 남아있는 것만 같았다.

고즈넉한 그 궁궐에 살았을 어린 궁녀들과 평생을 구중궁궐 담장 안에서 적막하게 늙어갔을 궁인들을 떠올렸다. 그늘진 뜨락 어디선가 어린 궁녀들의 숨죽인 웃음소리가 들리는 것 같았다. 주변이 환해지는 듯한 환청 속에서 키 작은 민들레 꽃들을 바라보았다.

뜨락을 서성이다 돌담 너머로 달아나는 바람결에 실려 허옇게 머리가 세어버린 민들레 꽃씨들 몇이 나비가 되어 훨훨 날아가고 있었다. 민들레 홀씨 따라 시선이 옮겨가던 순간 어디선가 꽃상여 요령 소리가 댕댕 들려오는 듯했다.

창덕궁
대조전
휘경당 뜨락에

조선왕조 키 작은 무수리 닮은
순하디 순한 얼굴들
피어 있다

머리 허옇게 세어버린
씨방도 두엇 이끼 낀
성은의 그늘 아래
졸고 있다

긴 세월 거친 물살에

왕족도
반골도
흔적 없는
구중궁궐

꽃상여 요령 소리도 없이
호호백발 상궁 하나
승천하고 있다
나비 되어 훨훨
날아가고 있다
- 장진숙 첫 시집 『겨울 삽화』, '민들레꽃' 전문

  그 후부터 보도블록 틈새나 한강 고수부지 풀숲의 노란 민
들레꽃을 볼 적마다 키 작은 궁녀들의 상처받은 영혼을 만난
듯 왠지 숙연해지곤 했다.

  수줍고 따뜻하고 푸근한 야생화들을 보면 언제나 고난과 함
께하며 고난 속에서 더욱 강하게 일어서는 얼굴들이 저절로
떠오른다. 들꽃처럼 끈질긴 인내와 노력으로 자신을 단련시켜
꿈을 이뤄낸 사람에게는 어떤 꽃이 가장 잘 어울릴까 생각하
며 들꽃 같은 그 이름들을 호명한다.

내 안에 무성하게 피어나는 별꽃들을 한 아름씩 엮어 그네들에게 건네고 싶은 화창하고 눈부신 봄날이었다.

시절이 하 수상하니

───── 어제 이웃집 여자가 내가 팥죽을 담아 준 그릇에 자두를 담아 들고 와서 전해준 얘기 때문에 내내 일이 손에 잡히지 않는다.

지난주 우리 부부가 집을 비운 그 이틀 사이에 경찰이 출동하고 아파트가 몹시 소란스러웠다고 한다.

얼마 전 남편이 세상을 떠난 후, 아들이 어미를 찾아와 제 어미에게 집을 나가라며 행패를 부리고 시끄럽게 굴어서 누군가가 신고를 한 것 같다고 했다.

오랫동안 알고 지낸 이웃들이 궁금해서 노인에게 물으면, 현관문을 열어두었더니 술에 취한 깡패가 집에 들어왔다며 에둘러 대답을 하곤 했단다.

하지만 소리소리 지르며 갖은 포악을 떨다가 경찰에게 붙잡혀 간 그 아들의 횡포를 이미 알 만한 사람은 다 알게 되었다고 한다.

노인의 남편이 세상을 떠나자 가족 간에 상속 문제로 뭔가 문제가 생긴 것이다. 뒤늦게야 그 소식을 이웃집 여자에게 전해 들으면서 자신의 아들을 접근금지시켜야 했을 노인의 참담하고 서글펐을 심정이 너무 안타까웠다.

항상 현관문을 열어두고 복도를 산책하듯 오가던 분이었는데, 어쩐지 요즘 내내 문이 닫혀 있어서 집을 비운 줄 알았는데 그런 황망한 일이 있었다니…….

아들만 둘을 둔 오십 대 이웃집 여자는 '요즘 세태가 하 수상하니 집은 꼭 부부 공동명의로 하시라'고 힘주어 말하고 일어섰다. 그저 자식이 우주라 여기며 자식밖에 모르고 살아온 사람은 어쩌라고, 무슨 낙으로 무슨 희망으로 살라는지 한숨이 절로 나온다. 옆집 여자의 말이 온종일 가시처럼 목에 걸려 나를 괴롭혔다.

익숙한 길 말고 다른 길

———————　장미와 꽃양귀비와 유채꽃을 보러 집을 나섰다가 나도 모르게 멈춰 선 버스에 올랐다. 늘 걸어 다니던 길이었는데, 오늘은 버스 정류장 옆을 지나다가 무언가에 홀린 듯이 버스를 타고 말았다.

장미공원 정류장에서 내려 걸어가는데 처음 보는 갤러리 건물이 눈에 들어와 무작정 들어가 보았다. 걸어서 갔더라면 10차선인가, 12차선인 도로 건너편 갤러리가 있는 빌딩은 결코 만날 수 없었을 것이다.

늘 걸어 다니던 길을 두고 무심코 버스를 타고 와서 우연히 마주친 갤러리에 들어가 서용선 작가의 '회상, 소나무' 전시회를 만났다. 전시장은 그리 넓지 않았지만, 기품 있는 분위기의 새 건물이라 그런지 기분이 좋아지는 곳이었다.

관람객이 아무도 없는 고요한 갤러리 입구에서 팸플릿을 찾았다. 입구를 지키고 계시던 분이 서랍을 뒤져 하나 남은 전시회 도록을 간신히 찾아 건네줬다. 너무 미안하고 당황해서 받아도 되느냐며 되물었다.

전시된 서용선 작가의 작품들은 듬직하고 묵직하고 기품이 있었다. 집에 돌아와 찬찬히 도록을 살펴보니 서울대와 대학원에서 서양화를 전공한 작가는 중앙미술대상 특선, 국립현대미술관 올해의 작가, 이중섭미술상, 아르코미술관 대표 작가로 이력이 화려했다.

　서용선 작가는 회화의 평면성에 대한 고민과 서구 정신과 한국 전통에의 갈등과 존재와 인식의 문제에 고민이 많았다고 한다. 그의 최근 소나무 그림들은 몹시 거칠고 날것 그대로 야생의 느낌이 강했다. 그 거친 날것의 느낌이 좋았다.

　갤러리를 나와 길 건너 장미공원으로 갔다. 탐스러운 색색의 장미들이 앞 다투어 피어 있었다. 개양귀비 꽃도, 유채꽃도 환하게 피어나는 중이었다. 바람도 햇살도 구름도 마주치는 사람들도 주변 풍경도 저절로 기분이 좋아지는 행복한 하루였다.

　그 후부터 어디를 가더라도 늘 가던 익숙한 길이 아닌 한 번도 가보지 않은 다른 길로 가보려고 한다. 새로운 무엇인가와 마주칠 기대와 호기심으로 지루해진 일상을 변화시킬 순간의 눈부심을 기대하기 때문이다.

해 질 무렵

호숫가 벤치에 앉아 흔들리는 붉은 물결에 실려 흘러가고 있었다.

옆 벤치에 앉아있던 낯선 여자가 말을 건넨다.

"저 구름 좀 보세요, 보랏빛이네요, 참 예뻐요!"

곱게 나이 들어가는 그녀는 남편이 2년 반 전에 암으로 세상을 떠난 후, 혼자 산다고 했다.

남편이 떠나자 한동안 너무 무섭고 슬퍼서 집 밖을 나오지도 않고 외롭게 지냈단다. 그리고 최근에서야 자치센터에서 라인댄스를 배우기 시작했으며 종종 이곳에 산책을 나온다고 했다.

라인댄스 수강생 중 본인이 제일 나이가 많아 자꾸 순서가 헷갈려 틀리는 바람에 스트레스를 받는다고도 했다.

2녀 1남의 자녀를 두었지만 잘 키운 아들과 딸 하나는 멀리 미국에 있고, 무뚝뚝한 딸 하나가 가까이 사는데, 딸이 바쁜지 외롭고 쓸쓸한 엄마를 돌아볼 여력이 없단다. 그래서 매번 섭섭하고 적막하다고……

처음 보는 낯선 사람에게 주절주절 오래도록 수다를 풀어내는 그녀를 보며 마음이 아팠다. '얼마나 대화가 그리웠으면……' 하는 생각이 들었다. 그녀는 홀로 산책 나와 앉아있는 내가 혼자 사는 사람으로 보였나 보다.

70대 후반이라는데 60대로 보이고 얼굴이 고와 경제적으로는 그다지 어렵지 않아 보였다. 그래서 이제 여행도 다니고,

옛 친구들도 만나 이야기도 나누며 지내시라고 했다. 그랬더니 이제껏 열심히 일만 하며 살다가 이 나이가 되고 보니 자신의 속마음을 털어놓을 친구조차 떠오르지 않는단다.

하늘을 붉게 물들이던 석양이 흔적 없이 사라지고 호수에 어둠이 내렸다. 갑자기 바람이 드세어지더니 기온이 내려갔는지 추웠다.

자전거를 타러 나간 남편이 돌아왔을 것 같아서 일어서는 내게, 그녀는 낯선 자신의 이야기를 들어주어 고맙다며 가만히 웃었다.

우리는 300여 미터쯤 나란히 함께 걷다가 헤어졌다. 침침한 가로등 아래 기운 없이 걸어가는 그녀의 작고 가녀린 뒷모습이 너무 쓸쓸해 보였다. 그녀의 적막한 뒷모습이 내 뒷모습 같아서 돌아보고 또 돌아보았던 소슬한 저녁이었다.

딸이 가까이 살아도 외롭고 허전하고 쓸쓸하다는 그녀의 말이 그 밤 내내 머릿속을 맴돌았다.

빈 둥지 증후군

───── 산책 중에 어쩌다 두 모녀의 대화를 엿들으며 걷게 되었다. 부부싸움하고 속이 상해 딸네 집으로 가출을 시도한 친정엄마가 딸에 이끌려 호숫가를 걷고 있는 듯했다.

투정을 부리듯 주절주절 시시콜콜 하소연하는 엄마의 시린 마음을 따뜻하게 위로하고 어루만지며 너그럽게 아빠의 입장 도 슬그머니 변명해 주는 그 딸이 대견하고 예뻐 보였다.

딸 가진 친구들이 온갖 사소한 것까지 모녀가 함께 아기자 기하게 나누며 살아가는 것을 볼 적마다 아들만 둘을 둔 나는 부럽기만 했다.

딸도 손녀도 없이 알콩달콩 어여쁘던 시절 다 지나가 어느 새 사춘기가 된 과묵한 손자만 셋을 두어서인지 재잘재잘 애 교 넘치는 사랑스러운 손녀들과 티키타카 하며 지내는 즐겁고 재미난 이야기들을 듣다 보면 마치 그 어여쁜 정경들이 환하게 내 앞에 펼쳐진 듯 저절로 미소가 번져 즐거워지곤 했다.

　그런데 참 이상하지. 그들과 헤어져 집에 오는데 왜 그렇게 허전하고 쓸쓸했을까. 어쩌다 무심코 하소연하는 내게, 언니는 빈 둥지 증후군을 앓고 있는 것 같다고 했다.
　그래 맞아, 생각해 보니 아이들이 모두 결혼하고 떠난 이후에는 몰랐는데 그토록 귀엽던 손자가 훌쩍 자라 사춘기가 오면서부터였던 것 같기도 하다. 누에가 뽕잎을 갉아 먹듯이 내 삶이 왠지 더 적막해지고 쓸쓸해졌다는 생각이 들었다.
　그랬다. 나라는 존재가 가질 수 없는 것들에 대한 선망과 집착이 쓸데없이 감정을 소모하고 마음을 더 황폐하게 했던 거였다. 지금 내가 가진 것들이 얼마나 소중한지 까맣게 잊은 채 채워지지 않는 것에 집착하는 어리석음이 그동안 내 삶을 그늘지게 하고 소용돌이치게 하고 스스로 벌레 먹은 잎사귀 되어 나뒹굴게 한 것이다.

　씩씩하게 두 모녀를 앞질러 걸어간다. 듬직한 우리 아이들을 위하여 며느리들을 위하여 사춘기 손자들을 위하여 병을 앓고 있는 지인들을 위하여 이 나라의 안녕과 평화를 위하여 화살기도를 바치며 씩씩하게 팔을 흔들며 나아간다.

몸과 혼

─────── 몸과 혼에 대해 의문을 가지기 시작한 것은 아홉 살 무렵이었다.

힘이 세고 튼튼한 몇몇 아이들이 키 작고 허약한 아이들을 걸핏하면 놀리고 괴롭히는데, 교장 선생님은 왜 조회 시간마다 몸이 튼튼하고 건강해야 정신도 건강하다고 그러시는 것일까?

몸이 약한 내 짝은 결석이 잦은데 그 아이 정신도 약하고 아프다는 건가? 소아마비로 다리 한 쪽이 회초리처럼 가느다란 옆 반 아이는 다른 친구들이 신나게 뛰어놀 때 책만 끼고 지내며 공부도 잘하고 아는 것도 많은데, 정말 아픈 다리처럼 그 아이 정신도 아프다는 것인가?

조회 시간 내내 발부리로 물음표만 그려대던 햇볕이 따갑게 내리쬐던 운동장이 생각난다.

어른이 된 후, 앞집에 살던 여자가 아이를 잃은 후 곡기를 끊고 심한 불면증으로 괴로워하는 모습을 지켜볼 때도 그랬다. 그녀는, '자식을 묻은 죄 많은 어미인데, 몸이 추워지니 아랫목 이불 속으로 언 발을 집어넣어 몸을 녹이게 되고, 배가 고파지니 죽고 싶은 마음과 달리 숟가락을 들게 됩디다.'라고 했다.

자신 안에 비정하고 낯선 또 다른 누군가가 있는 것 같다며 흐느끼던 그녀의 쉰 목소리가 너무 생생해서 잊히지 않는다. 신은 감당할 수 있는 자에게 감당할 만큼의 시련을 주는 것이라고 한다. 하지만 극한상황에서 몸의 본능이 정신보다 앞서는 것을 에둘러 의미하는 것은 아닌지 한동안 혼란스러웠다.

몇 해 전 어느 화창한 봄날이었다. 올림픽공원에서 백발의 노부부가 서로 부축하며 산책하는 모습을 보았다. 서로 닮아 보이는 그들을 보며 문득 몸과 혼의 관계도 부부와 같다는 생이 들었다. 젊은 날 반목과 대립으로 날카롭게 곤두섰던 사이도 긴 세월 함께 부대끼고 살 부비며 살다 보면, 다정한 그 노부부처럼 어느새 서로를 닮아가고 있다.

생각해 보니 물과 기름처럼 데면데면하던 젊은 날의 내 몸과 혼의 관계도 별반 다르지 않았던 것 같다. 매번 이성과 욕망의 치열한 대립으로 긍정이건 부정이건, 도전이건 망설임이건, 물이건 불이건, 선이건 악이건 그 모든 선택의 문제로 매번 반목하고 갈등해 왔으니 말이다.

그런데 언제부터인가 내 몸과 혼이 서로의 존재를 인정하고 측은지심으로 서로를 바라보게 된 것이다. 미셸 푸코는 '혼이 몸의 감옥'이라 하고, 플라톤은 '몸이 혼의 무덤'이라고도 하지만, 우리의 몸과 혼은 어쩌면 서로의 감옥이며 무덤이라는 생각이 들었다.

그동안 나는 생각과 혼이 나의 주인인 줄 알았다. 몸은 그저 생각과 혼의 명령과 지시에 순종해야 하는 머슴처럼 하녀처럼 하찮게 대했다. 건강한 몸을 타고났으니 웬만큼 부려도 끄떡없을 거라며 마구 혹사 시켰다. 뭔가에 골몰하거나 해야 할 일이 남아있으면 밤을 새워서라도 그 끝을 보고야마는 까칠한 완벽주의 때문에 내 몸은 몹시 지치고 힘이 들었을 것이다.

언제부터인가 눈이 점점 침침해졌다. 그리고 더는 견디지 못한 몸의 세포와 관절들이 삐걱거리는 신호에 소스라치게 놀랐다. 온갖 잡다한 일들을 몸 사리지 않고 묵묵히 황소처럼 감당해 오던 몸이 점점 힘이 빠지고 무기력해졌다.

한동안 의욕이 생기지 않아 젖은 낙엽처럼 일손을 놓은 채 누워 지냈다. 읽다 만 책을 펼치면 몇 페이지를 넘기기조차 힘들었다. 예전처럼 마음먹은 대로 진도가 나가지 않아 우울해졌다. 호된 노역과 천대에도 우직하게 말이 없던 몸의 세포들이 더는 참을 수 없다며 반란을 일으킨 것이다.

성난 몸의 파업에 당황한 혼이 상한 몸의 실체를 곰곰이 들여다보았다. 그리고 황량해진 몸을 달래고 보살피기로 작정했다. 운동이라면 아예 눈길조차 건네지 않던 혼이 결국 쉽지 않은 결정을 내린 것이다.

아름다운 몸을 위해서는 솟구치는 식욕을 억제하고 헬스를 하고 몸에 칼을 대는 성형수술도 마다하지 않는 몸짱 시대에, 나는 가리지 않고 먹고 운동도 안 하고 성형이라면 아연실색하는 못 말리는 아날로그 원시인(?). 숨 쉬고 걷는 것 외에 운동이라면 호환 마마처럼 기피 하던 내가 어떻게 요가 교실에 등록할 기특한(?) 생각을 다 했는지 생각할수록 놀랍고 신기하다.

지난가을부터 일주일에 세 번, 요가 교실에 나간다. 굳어지고 뒤틀렸던 몸이 그간의 오랜 불평불만들을 서서히 풀어놓는 듯했다. 전철역 계단을 오를 때마다 가쁘던 숨결이 6개월이 지나면서부터 점점 순해지고 가지런해졌다. 마구 비명을 질러대며 소용돌이치던 몸 안의 세포들도, 서로 어긋나 불화로 삐걱대던 뼈들도 저마다 제 자리를 찾았는지 고요해졌다. 몸과 혼이 태평성대로 접어든 듯 평화가 왔다.

오늘도 요가를 마치고 밖으로 나오니 겨우내 움츠렸던 몸이 기지개를 켜듯 천지에 봄기운이 가득하다. 온갖 꽃들이 눈부시게 피어나고 나뭇가지마다 연둣빛 새순이 유난히도 싱그럽다. 동사무소 앞 등나무 아래 푸성귀를 파는 노파에게서 머위와 취나물을 한 움큼씩 샀다. 머위는 데쳐서 조물조물 된장에 무치고 취나물은 고소하게 전을 부쳐야지 마음먹는다.

향긋하고 쌉싸름한 고향의 봄맛을 기억하는 몸 안의 세포 하나하나가 취한 듯 서로 마주 본다. 그래! 그러자구나! 몸과 혼이 서로 죽이 맞아 맞장구치며 환하게 웃는다.

뜨거운 삶을 응원한다

　　　　　　　가을이 오나 싶더니 어느새 겨울이 서둘러 온 건지 몹시 추운 날이었다. 호수 한 바퀴를 돌아 나오는데 휑한 야외 객석을 향해 플라밍고를 추는 여자들이 보였다.

　왠지 안쓰러워 차가운 앞자리에 혼자 앉아 손뼉을 치며 구경했다.

　아랍 부채춤을 추는 여자, 집시 춤을 추는 두 여자…… 그 중에 플라밍고 춤을 추는 중년의 여자가 리더 같았다. 바람은 불고 날도 춥고 관객도 없는데, 50대쯤 되어 보이는 여자들의 춤추는 모습은 조금 미숙해보여 더 안쓰러웠다.

　15년 전인가, 작은며느리가 통역 아르바이트를 하던 브라질 탱고 공연단의 예술의전당 공연도 보았고, 스페인 안달루시아에서 분위기 좋은 공연장에 앉아 스페인 최고의 플라밍고 춤을 관람한 적이 있으니 눈이 높아진 탓인지 그 여자들의 서툰 공연이 그다지 마음에 들지는 않았다.

그러나 하고 싶은 일을 하고자 이 추위에 두려움 없이 나선 그녀들의 의지와 용기에 뜨겁게 박수를 보내고 싶었다.

좀 서투르면 어떤가. 포기하지 않고 저렇게 끊임없이 추고 또 추다 보면 언젠가는 저들도 경지에 오를 날이 오겠지. 하다가 지쳐 그만두지 말고 저들이 묵묵히 춤을 추기를 소망하며 자리에서 일어섰다.

규칙을 벗어나 예술이 되다

─────── 뮤지컬 '안나 카레니나'를 관람하러 예술의 전당에 갔다. 우리나라 배우들을 캐스팅해 한국어로 만든 최초의 공연이라고 한다.

중학교 1학년인가 2학년 때 고등학생이던 작은언니가 학교 도서관에서 빌려다 준 톨스토이의 '안나 카레니나'를 읽었던 기억이 어렴풋이 났다.

내 착각인지 노래 가사나 원작이 내가 기억하는 것과는 조금 다른 부분이 있어서 아쉬웠는데, 무대 미술과 조명이 더할 나위 없이 훌륭하고 환상적이어서 좋았다.

배우들의 역동적인 춤과 노래는 여운이 오래 남는, 오랜만에 만난 감동 그 자체였다. 기대했던 안나 카레니나 역에 옥주현이 아니라서 실망했던 것도 잠시였다. 더블 캐스팅인 정선아와 민우혁을 비롯한 다른 배우들 모두 기대 이상이었다.

시계태엽처럼 맞물린 기차 바퀴의 의미를 되짚으며, 기관사이며 해설가로 나온 박송권의 대사가 이어졌다. "신사 숙녀 여러분 규칙을 지키십시오. 안 그러면 신의 심판을 받습니다."

계속되는 그의 대사를 들으며, 규칙을 지키는 사람들만 사는 엄숙한 세상이 얼마나 무미건조하고 재미없을지 상상해보았다.

규칙을 벗어난 옛사람들이 결국 불행해질 수밖에 없는 삶과 사랑 이야기들이 문학작품으로 남아 영화가 되고 뮤지컬이 되어 오래도록 이렇게 세상에 전해지니 말이다.

이처럼 문화와 예술은, 나처럼 정해진 노선만을 수레바퀴처럼 묵묵히 돌며 살아가는 사람들의 메마른 감성을 풍성하게 일깨워주며 대리만족감을 제공해준다.

예술이란 우리를 무료한 일상에서 일으켜 세워 생각하게 하고, 나아가게 하고, 환호하게 하는 우리 삶의 비타민 같은 존재라는 생각이 들었다.

빛을 그리다

———— '모네, 빛을 그리다'는 클로드 모네의 작품에 디지털을 융합한 컨버전트 아트 전시회라 새롭고 놀라웠다. 나는 촌스러운 아날로그 세대인지라 화가의 작품에서 느끼는 감동 부분에서는 복사본을 본 듯 어쩐지 아쉬움이 남았다.

모네는 매우 긍정적이고 행복한 화가였다는 생각이 든다. 사랑하는 젊은 아내를 잃고 말년에는 자식을 앞서 보낸 불행한 시기도 있었지만 말이다.

야생 양귀비꽃이 만발한 풀밭 위에 있는 아내와 아이들, 미식가인 그의 식탁과 눈이 부신 빛의 풍경을 보면, 그가 얼마나 풍요롭고 결이 고운 사람이었는지 알 수 있다.

말년의 그는 지베르니의 아름다운 정원 연못가에서 오래도록 수련을 지켜보며 그림을 그렸을 것이다.

자신의 내부로 빛이 되어 들어온 순간을 저렇게 눈부시게 그려내며 스스로 얼마나 즐거웠을까. 얼마나 행복했을까.

어릴 적 미술 교과서에서 만났던 낯익은 모네의 그림들이
두런두런 말을 건네는 환한 시간이었다.

새해를 맞으며

——————　계묘년 마지막 날 밤 11시에 출발하는 관광버스 리무진을 타고 남편과 함께 정동진으로 무박 여행을 떠났다.

갈수록 일이 버거워지고 몸이 말을 잘 듣지 않게 된 터라 게으름을 피우고 싶어졌는지도 모른다.

다른 곳에서는 새해 일출을 제대로 볼 수 있었다는데, 차례 상을 차리지 않기로 선언하고 여행을 떠난 탓인지, 정동진에는 발그레한 여명의 기미만 잠시 보이더니, 기다리는 갑진년 붉은 새로운 해는 끝내 떠오르지 않았다. 일기예보에서 이미 알고 있었는데도 요즘 내 처지와 가라앉은 기분 때문인지 실망이 컸다.

성난 파도가 용틀임하는 청룡의 모습으로 달려와 스러지고 달려와 또 수도 없이 스러지는 것을 마주 보며 정동진 해변에서 그렇게 갑진년 새해를 맞았다.

'이제부터 어떤 모질고 험악한 것들이 닥쳐와도 무서워하지 않겠다.

　'다가올 미래를 미리부터 걱정하지 말자.

　지금 이 순간순간을 소중하게,

　남아있는 하루하루를 알차게,

　충분히 음미하고 즐기고 만끽하면서 살자'는 다짐으로 스스로 강하게 담금질하는 시간이었다.

　오후에 대관령 양떼 목장으로 갔다. 양들은 어디에도 보이지 않고 새하얗게 눈이 쌓인 설원 가득 눈이 부시고 풍요로웠다. 사람들이 여기저기에 만들어 세워 둔 눈사람 마을이었다.

　못난이 눈사람 곁에 못난이 눈사람으로 서서 헤벌쭉 따라 웃다가 흔적도 없이 녹아버려도 괜찮을 것 같았다.

　괜찮아, 새해는 다 괜찮을 거야!

2부

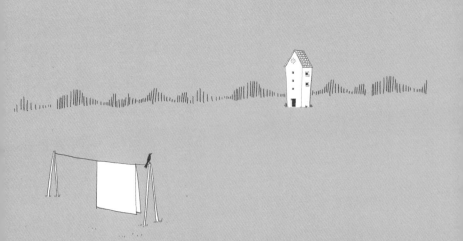

시인 할매

———— 소복소복 눈이 내리는 아침이었다. 이종은 감독의
다큐 영화 '시인 할매'를 보러 갔더니 극장 안에 아무도 없다.

혼자 영화를 보게 되려나 했는데, 영화가 시작되자 젊은이
둘과 중년 여자 둘이 들어왔다. 다섯이 띄엄띄엄 앉아 영화를
보며 이렇게 관객이 없어서 어쩌나, 이러다 영화관이 문을 닫
아버리면 어쩌나 슬며시 걱정이 됐다.

전남 곡성의 어느 시골 마을, 평생 엎드려 농사일만 하던 80
대 까막눈 할머니들의 이야기였다.

김선자 관장은 '길 작은 도서관'을 열 때 책장에 책 꽂는 일
을 돕던 할머니들이 책을 거꾸로 꽂는 것을 보고 마을 할머니
들에게 한글을 가르치게 되었다고 한다.

시 쓰기와 그림 그리기 수업으로 생전 처음 느끼게 된 배움
의 즐거움과 삶의 의미를 알아가는 할머니들의 주름진 모습과

곡성의 농촌 마을 풍경을 펼쳐 보여주는 다큐였다.

그곳 할머니들의 노동에 찌든 지난한 삶과 시와 그림들이 눈물겹도록 시리게 아름다웠다.

우리 어머니는 글을 아는 분이셨다. 그런데도 편지글이나 일기조차 남기지 않아 못내 아쉽다. 어머니는 딸들이 낸 시집을 침대 머리맡에 두고 짬짬이 읽으셨다고 들었다. 그런데 어머니는 왜 당신이 쓰신 글을 아무것도 남기지 않으셨을까.

최근 들어 비로소 우리 또래인 고학력 주변 여성들조차 생전의 흔적을 남기고 싶어 하지 않는 사람이 많다는 사실을 알게 되었다.

김선자 관장처럼 우리 어머니가 자신의 삶을 글로 남길 수 있도록 동기부여를 해드리고 도와드리지 못한 것이 죄송하고 후회가 된다.

우리 어머니도 어머니 안에 쌓이고 맺힌 것들이 많았을 것이다. 저 곡성의 할머니들처럼 어머니도 글과 그림으로 당신의 마음속 한을 한 자락이라도 펼쳐 보일 수 있었다면 어머니의 쓸쓸하고 허전했을 말년의 시간이 좀 더 의미 있고 풍요롭지 않았을까.

가슴 속 깊숙이 자리한 저마다의 생각을 글과 그림으로 마

음껏 표현할 수 있다는 것만으로도 즐거워져, 고단하고 적막
하고 쓸쓸한 노년의 삶은 활기차고 건강해진다.

　아무런 의욕도 희망도 없이 평생 까막눈으로 일만 하며 늙
어가는 것은 얼마나 답답하고 서러운 일인가. 배움의 열정에
눈을 뜬 저 곡성 할머니들의 눈부신 노후에 힘찬 응원의 박수
를 보낸다.

깊은 영혼의 울림

──────── '타르콥스키, 기도하는 영혼'을 관람하고 영화관을 나서며 문득 이런 생각이 들었다. 세상의 예술가들은 골고다 언덕을 오르던 예수처럼 자신의 업을 등에 지고 모멸과 질시와 고통마저 기꺼이 십자가처럼 짊어지고 살아간다고……. 예수가 십자가를 지고 골고다 언덕을 오르는 회색빛 장면이 뇌리에 강렬하게 남아서 그런지도 모르겠다.

이 다큐 영화를 만든 영화감독 안드레이 타르콥스키의 아버지는 러시아의 시인 아르게니 타르콥스키다.

안드레이 타르콥스키는 부모의 이혼으로 어린 시절부터 아버지와 헤어져 살았다. 그러나 아버지의 예술적 DNA가 어린 아들의 내부에 깊이 자리 잡고 있었던 모양이다.

그의 어머니는 온갖 어려움 속에서도 아들을 예술학교에 입학시켜 공부하게 할 정도로 교육열이 높은 여성이었다. 아들 안드레이의 어릴 적 기억 속에서 그의 어머니는 바람에 흔들리는 시골집 야생화 밭을 남매와 함께 걷고, 거센 바람이 불어 대는 낡은 통나무 울타리에 걸터앉아 담배를 피우던 쓸쓸하고 적막한 모습으로 남아있다.

부모의 이혼 후, 아버지의 부재가 그의 삶에 결핍으로만 남지 않았던 것은 어머니의 영향이 컸다는 생각이 든다.

간혹 이혼 가정의 아이들이 함께 살지 않은 아버지나 어머니를 미워하게 되는 까닭은, 헤어진 부부가 서로를 향한 증오의 거친 감정을 자식 앞에서 적나라하게 드러내어 어린아이들에게 영향을 미치기 때문이 아닐까.

그런데 아들 안드레이의 아버지를 향한 그리움과 사랑이 그의 예술성에 크나큰 영향을 미친 것을 보면, 그의 어머니는 무던한 사람이었던 것 같다.

시인 아비지의 감수성과 무던한 이미니의 깊은 고뇌를 자양분으로 그는 훌륭한 영화감독으로 성장할 수 있었다.

무엇보다 아들 안드레이가 이 다큐 영화를 만든 것이 놀랍고 흥미로웠다. 안드레이가 아버지의 시를 낭송하는 장면에서 그 배경 음악과 풍경이 너무 아름답고 시적이어서 아버지 아르게니 타르콥스키의 시들이 성스럽게 느껴질 정도였으니 말이다.

제아무리 훌륭한 성인도 자식에게 존경과 사랑을 받는다는 것은 드문 일이다.

물질적인 가치가 더 중요하게 느껴지는 시대이니 대부분의 사람들에게 타르콥스키의 예술적인 감성은 그리 유용하지 않을지도 모른다. 세상은 이런 예술영화보다 자극적이고 새롭고 튀는 영화에 더 환호한다.

그렇다 보니, 이 영화는 서울의 수많은 영화관 중 겨우 두 곳에서만 상영되고 있었다. 그것도 하루 두 번 이른 아침이나 늦은 밤 시간에 말이다.

스크린을 짧게 스쳐 지나가는 이런 예술영화는 관객이 거의 없다. 그런데 이런 영화를 찾아 함께 보고 공감할 수 있는 친구들이 곁에 있다는 것은 즐겁고 행복한 일이다.

어수선하게 소용돌이치는 생각을 멈추고 되돌아보고 들여다보게 하는 영화, 반성하고 치유하게 하는 타르스콥스키 같은 예술가나 시인, 작가들이 세상에 존재한다는 것은 고맙고도 눈부시다.

덕분에 매순간 흔들리고 좌충우돌하는 우리네 고달픈 삶도 좀 더 맑아지고 깊어져 가끔은 살 만해지곤 한다. 바르게 보고 바르게 나아가야겠다는 마음이 저절로 들게 되는 저녁이었다.

시적 감수성이 풍부한 안드레이 타르콥스키의 화면은 시, 그 자체라고 느껴질 만큼 투명하고 쓸쓸하고 적막했다. 그래서 오히려 영화 속 화면에 몰입하는 순간이 큰 위로가 되어 주었다. 세상의 슬픔과 쓸쓸함과 적막으로부터 환하고 말갛게 건져 올려지는 듯 불가사의한 느낌이라고 할까.

그동안 나는 사람으로부터 받는 고통을 문학으로 치유하며 살았다. 문학이 나의 종교이고 기도였다. 슬픔을 슬픔으로 문지르고 고독을 고독으로 덧대며 살아온, 강한 듯 소심한 내게 이 영상과 시와 음악은 깊은 울림을 주었다.

스승이 죽은 나무에 날마다 물을 길어다 주라고 나지막한 목소리로 이르자, 소년은 황량한 바닷가에 서 있는 죽은 나무에게 부지런히 물을 길어다 붓는다.

그 장면을 보며, 시 쓰기에 나태했던 내 모습을 떠올려보았다. 오래전에 말라버린 내 시의 나무에 날마다 물을 길어와 부어주면 새순을 틔울 수 있을까. 정말 그럴까. 그럴 수 있으면 좋겠다고 가만히 되뇌어본다.

당당한 자신감이 아름다워

_____ '애비 콘'과 '마크 실버스테인' 감독의 'I feel pretty'
는 여성의 외모 지상주의와 콤플렉스, 그리고 자존감에 관한
영화였다.

뚱뚱한 여자 르네는 헬스클럽에서 스피닝spinning, 자전거 타기
를 이용한 유산소운동을 하다가 넘어져 머리를 다친다. 그 후 르
네는 자신의 간절한 소망이 이루어져 아름다워졌다는 착각에
빠져 지나친 자신감을 가지게 된다.

'에이미 슈머'의 자신감에 가득 찬 모습을 보며, 문득 2012
년 여름 뉴욕 여행 중 허드슨 강 크루즈에서 만났던 뚱뚱한 흑
인 여자의 모습이 떠올랐다.

붉은 드레스를 입고 나와 거침없이 나와 춤을 추던 그 흑인
여자는 세상 사람들의 편협한 시선은 전혀 아랑곳하지 않았
다. 그녀는 당당하고 유쾌했으며 참으로 멋지고 아름다웠다.

주인공 르네는 말한다. "누군가 외모를 지적했을 때 우리는 현명하고 당당하게 말할 수 있어야 해요. 나는 당신이 생각하는 것보다 훨씬 나은 사람이라고요. 왜냐면 나는 그냥 나니까요."

자신을 사랑하고 소중히 여기는 사람은 자신만이 갖고 있는 매력으로 더 아름다워 보인다. 소심하게 주눅이 들고 위축된 사람은 외모가 훌륭해도 매력이 있어 보이지 않는다.

며칠 전에 친구들과 약속이 있어서 오랜만에 논현역에 갔다. 그곳에 갈 일이 없어서 잘 몰랐는데, 주변에 성형을 위한 병원들이 유난히 많았다. 그래서 그런지 얼굴에 붕대를 두른 사람들이 심심찮게 눈에 띄었다.

그날 점심을 먹으며 친구들과 나눈 이야기도 성형과 자신감에 대한 것이었다. 한 친구는 지하철을 타고 오다가 옆자리에 앉은 여자가 마스크를 벗고 자신의 얼굴을 보여주며 친구에게 여러 차례 성형을 권하더란다.

요즘은 자신의 성형 사실을 스스럼없이 드러내고 고백하는 세상이다. 그것도 자신감이라고 해두자. 성형으로 자신감을 찾는 것도 좋은 일이긴 하다.

그런데 그 성형이 한 번으로 끝나는 일이 거의 없다는 것이 문제다. 성형을 되풀이하는 사람을 보면 가면을 쓴 듯 표정이 어색해서 나도 모르게 시선을 피하게 된다.

삶의 훈장처럼 깊어져 가는 주름살조차 당당하고 자랑스럽게 여겨야 한다. 손을 대지 않은 평범하고 자연스러운 얼굴이 얼마나 아름다운지 나이가 들면서 나도 저절로 알게 되었다.

"자신에 대한 확신이 없는 사람은 부정적인 면만 집착해 자신의 근사한 부분을 놓쳐버리거든요. 당신은 자신을 알고 세상의 시선을 신경 쓰지 않아서 좋아요."

착각에서 깨어난 여자가 소심하게 움츠러들 때 여자의 치명적인 매력에 빠진 남자가 여자에게 건넨 말이다.

아주 오래전에 나도 젊지만 예쁘지 않은 거울 속의 나에게 아침마다 마인드 컨트롤을 하곤 했다. 그때 내게 건네던 말이 생각나서 꽃이 피어나듯 기분이 환해지는 영화였다.

부러운 삶

_____ 후시하라 켄시 감독의 '인생 후루츠'는 삭막하고 적막한 우리에게 삶의 의미를 생각하게 해주며 마음을 따뜻하게 데워주는 다큐였다.

건축가였던 90세 츠바타 슈이치와 87세 츠바타 히데코 부부는 300여 평의 땅에 '집은 삶의 보석상자여야 한다'며 정말 보석상자 같은 15평 작은 오두막을 짓는다.

그리고 스스로 할 수 있는 만큼 차근차근 꾸준히 몸과 마음을 움직여 일한다. 70여 종의 과실나무와 50여 종의 곡식과 채소들을 심고 가꾸고 거둔다. 신체적으로도 심리적으로도 경제적으로도 어느 누구의 도움 없이 자신들이 키운 먹을거리로 건강하게 살아간다.

부부가 서로 덤덤하게 아끼고 사랑하고 존경하며 지내는 모습을 보며, 나이 들수록 단단하게 익어가는 삶의 지혜와 담백

함에 홀린 듯 빠져들게 하는 다큐였다.

이들은 추수한 것들을 골고루 상자에 담아 이웃들과 나누고, 마트의 생선가게 청년에게 음식이 담긴 접시 그림을 그려 가게의 생선 맛있게 잘 먹었다며 고맙다는 감사 엽서와 함께 보낸다. 그런가 하면 노랗게 페인트칠 한 팻말에 감성적이고 저절로 미소가 번지는 글귀들을 적어 뜨락 곳곳에 꽂아두기도 한다.

자신이 시작하고 이루어 낸 일조차 티 내지 않게 공을 넘기고 덤덤하게 물러서는 겸손하고 사려 깊고 조용한 츠바타 슈우치와 나눔과 감사와 사랑과 배려로 충만한 츠바타 히데코. 자기가 한 일들이 돌고 돌아 반드시 자신에게 되돌아온다고 믿는 히데코는 검도 선수가 된 손녀의 건강을 위해 매번 여러 가지 음식을 만들어 보내준다.

한편, 츠바타 슈이치는 신도시 프로젝트에서 자신의 설계대로 짓지 않고 경제적 논리로 산을 파헤쳐 지은 성냥갑 같은 소도시에 죄책감과 책임감을 느끼고 있었다. 그래서 헐벗은 민둥산에 밤나무를 심어 바람이 드나드는 숲을 만든다.

다음 세대를 위해 건강하고 비옥한 땅을 만들기 위해 애쓰는 정겹고 따뜻한 모습과 함께, 오래 살아 더욱 깊어진 노부부의 주름살이 아름다워 보였다.

츠바타 슈이치는 무료로 정신병원 설계와 자문을 하던 중에 뜨락에 난 잡초를 뽑은 후 낮잠에 들었다가 깨어나지 못한다. 죽음에 대해 아무 생각도 없다고 했던 그가 고통 없이 조용히 떠난 이승의 마지막 순간이 부러웠다.

낮잠과 죽음의 경계마저 희미해진 그의 임종도. '혼자 남아 외롭다기보다 덧없다'는 히데코의 말도 내 안에 오래 고여 남아있을 것 같다.

내 어머니 아버지도 저 두 분처럼 비슷한 연세까지 살다 가셨다. 300평쯤 되는 터에 온갖 채소와 과일들을 심고 가꾸며 구순이 넘도록 함께 지내셨다.

아버지는 서재에서 먹을 갈아 서예를 하시거나 책을 읽으셨고, 어머니는 홀로 텃밭에서 허리를 구부리고 일만 하셨다. 어머니는 아버지가 좋아하시는 음식, 손 많이 가는 팥죽이며 콩국수, 콩나물 잡채, 약식, 다식, 산자를 매번 정성껏 만드시곤 했다.

아버지가 당신만의 생각에 몰두해 어머니를 돌보지 않고 위로해 주지도 않고 외롭게 만든 탓일까. 우리 부모님은 사이가 그리 좋은 편은 아니었다. 감성이 풍부한 예술가 기질에 바람기가 많은 아버지와 이성적이고 흑백이 분명하고 책임감이 강한 어머니의 세계가 서로 너무 달랐기 때문이다.

화면 속 노부부가 서로 배려하고 아끼는 모습을 보며 부모님 생각을 하다가, 제각기 따로 잘 노는 우리 부부도 떠올렸다. 우리 부부의 공통분모는 뭘까, 노후를 함께 걸어가는 길동무? 이미 다 자라 세대주가 된 아들들과 며느리들, 손자들이 우리 부부의 공통분모일 뿐이다. 40년을 함께 살아왔는데도 선명하게 떠오르는 공통분모가 없다.

　화면 속 노부부는 식성도 다르고 자라온 환경도 성격도 다르지만, 서로 배려하고 아끼고 존중하며 칭찬하는 일상이 참 평화로워 보였다. 남편의 뜻을 묵묵히 따라주고, 남편 입맛에 맞춰주며 부지런하고 솜씨 좋은 아내의 너그러움이 평화로운 노후의 삶을 누릴 수 있게 해주는 원동력인 것 같다. 무뚝뚝하고 퉁명스러운 나조차도 남편이 좋아하는 음식을 만들며 40여 년을 이렇게 함께 잘 살아가고 있으니 말이다.

　세상이 아무리 변했다 하더라도 평화롭고 안정되고 행복한 노후는 남편보다 아내의 배려와 인내와 헌신으로 이루어진다는 현실과 마주하게 해주는 영화였다.

　츠바타 히데코의 환한 미소가 부러웠다. 그녀의 아름다운 미소는 담백한 삶의 무늬와 켜켜이 쌓인 세월의 내공으로 만들어진 오직 그녀만의 미소라는 생각이 들었다.

　지금은 세상을 떠난 일본 배우 '기키 기린'의 내레이션도 좋앗다. 그녀의 둥그런 목소리를 통해 대숲에 이는 바람과 스치는 허공과 만난 것 같은 시간이기도 했다.

삶의 의미를 찾아 헌신하고 소신을 지키며 평온하게 살다가 츠바타 슈이치처럼 잠드는 것처럼 떠나는 것이 내 간절한 소망이 되었다.

용서는 인간의 영역이 아니다

——— '밀양'은 1985년에 발표한 이청준의 소설 '벌레 이야기'를 이창동 감독이 각색한 영화로 제60회 칸영화제에서 주인공 전도연이 여우주연상을 받은 영화다. 세간에 하도 떠들썩하기에 전도연의 물오른 연기를 보러 갔다.

아직 아이를 낳지 않은 전도연의 자식 잃은 어미 연기가 소름 끼치도록 처절하고 적나라해서 과연 칸 여우주연상을 받을만하구나 인정했다. 처음부터 끝까지 여자의 주위를 맴도는 송강호의 구수한 속물 연기도 좋았다.

그녀는 교통사고로 남편을 잃은 후, 낯선 곳인 남편의 고향 밀양으로 이사해 어린 아들과 함께 살고 있었다. 어느 날 밤 자신의 과장된 허세가 원인이 되어 아이가 유괴되고 처참하게 살해되자, 여자는 지울 수 없는 고통과 비탄 속에 빠진다.

그녀를 동정과 선교의 대상으로 접근하게 하는 이창동 감독의 시선을 따라가다 보니, 이 땅의 주변 현실, 특히 종교생활과 생생하게 닮아있었다.

나약한 인간들은 신에게 의지해 고통을 구원받고 죄를 용서하고 용서받기를 원하지만, 용서란 얼마나 허망하고 불공평한 관계의 사막이며 황당하고 당혹스러운 자기 최면인가.

주인공은 설익은 '용서'라는 선물을 들고 어린 아들을 살해한 범인을 만나러 구치소에 간다. 그런데 아이를 유괴해 죽인 살인자는, 자신이 신에게 용서받고 구원을 받았다'며 아주 편안한 얼굴로 앉아있었다.

그런 살인자를 보고 누군들 숨 막히는 분노와 비탄으로 돌아버리지 않을 수 있을까. 어찌 신을 부인하고 하늘에 삿대질하며 반항하지 않을 수 있단 말인가. 용서란 신의 영역일 뿐 인간의 영역이 아니라는 생각이 들었다.

죽어도 치유되지 않을 처절한 상처로부터 끝내 헤어날 수 없었던 여자는 어지러운 뜰에 작은 거울을 내다놓고 마주 앉는다. 제 머리를 제 손으로 자르는 여자의 뒷모습이 너무 아프고 서러웠다. 흐리멍덩한 햇살과 흔들리는 메마른 잡풀들의 희미한 그림자와 잘린 머리카락들이 바람에 이리저리 쓸려가던 마지막 장면이 내 눈에서 떠나지 않고 멈춰 있는 듯하다. 그 스산하고 슬프고 쓸쓸한 잔영이 영화라기보다는 한 편의 소설 같았다.

영화가 끝나 불이 켜지고 의자에서 몸을 일으켜 천천히 걸어 나오며 비밀스러운 햇살 아래 서 있는 듯 가슴이 시리고 아득했다.

'시'라는 언어의 절

————— 생각하게 하고, 몰두하게 하는 '시'를 '패터슨'이라
는 영화 속에 담아낸 짐 자무쉬 감독이 어떤 사람인지 궁금해
지는 영화였다.

뉴저지 주 소도시 패터슨에서 23번 시내버스를 운전하는 패
터슨_{아담 드라이버}은 틈틈이 시를 쓰는 운전기사다. 매일 아침 6시
10분~15분 사이에 일어나 시리얼을 먹은 후 아내가 만들어 준
햄버그 도시락 통을 들고 출근한다.

그는 온종일 정해진 노선을 따라 돌다가 퇴근을 하면, 아내
_{골프레쉬 파라하니}와 함께 저녁 식사를 하고 나서 반려견 마빈과
산책하러 나간다. 그리고 단골 카페에 들러 시원한 맥주를 한
잔 하고 돌아와 잠자리에 든다.

23번 버스 노선처럼 단조롭고 규칙적인 일상 속에서 그는
짬짬이 시를 쓰며 살아간다. 그날이 그날인 단조롭고 지루하
고 무의미하게 되풀이되는 평범한 일상이지만, 다양한 승객들

의 표정과 대화, 별다를 것 없는 차창 밖 풍경, 오래된 낡은 성냥갑에서 그는 시상을 건져 올린다. 그는 핸드폰조차 사용하지 않는 아날로그 시인이다.

패브릭 물방울무늬에 꽂히거나 쿠키를 굽거나 기타를 배우겠다며 비싼 기타를 주문하는 패터슨의 아내처럼, 한때는 나도 그랬다.

지루하게 반복되는 일상의 틀에서 벗어나고 싶어서 잘린 향나무를 다듬어 그림을 그리기도 했고, 안방의 무거운 장롱을 이리저리 옮겨보다가 털실을 사서 스웨터를 뜨기도 했으며, 쿠키를 구워보기도 했다.

그러다가 빈 껍질만 남은 듯이 문득문득 허무해질 무렵 시를 만났다. '패터슨'은 시가 있어서 숨을 쉬고, 시가 있어서 버텨낼 수 있었던 나의 삼십 대를 떠올리게 해준 영화였다.

어느 날 패터슨 부부가 모처럼 외출을 했다가 집에 돌아와 보니, 반려견 마빈이 그동안 패터슨이 틈틈이 써온 습작 노트를 죄다 물어뜯어 놓은 게 아닌가. 패터슨은 산산조각 난 습작 노트를 보고 참담해 한다.

컴퓨터가 처음 나왔을 때, 문서 작업을 하다가 실수로 데이터를 다 날려버려 속이 상했던 기억이 떠올랐다. 화면 속의 패터슨과 함께 울고 싶은 심정이었다.

　상심한 패터슨이 인공폭포 앞에 있는 벤치에 쓸쓸하게 앉아 있는데, 일본에서 온 낯선 여행객이 노트를 한 권 건네준다. 사람은 때로 언어가 통하지 않는 낯선 사람으로부터 자신과 같은 부류의 체취를 알아내는 촉수가 내재 되어 있다는 생각이 든다.

　여행 중에 낯선 도시에서 문득 내게 전해지던 그런 감정들을 자무쉬 감독은 이미 알고 있었던 것 같다. 때론 텅 빈 페이지가 더 많은 가능성을 지니고 있다던 여행객의 말처럼, 패터슨이 펼친 그 노트의 새하얀 행간에 새롭게 다시 써 내려갈 그의 시는 더욱 깊어지고 점점 더 무르익을 것이다.

　영화 '패터슨'은 갈수록 무용지물이 되어가는 시를 평범한 일상의 언어로 새롭게 다시 한 발짝 세상을 향해 다가가게 한다. 시를 향한 뜨거웠던 옛 열정을 돌아보게 하는 영화였다.

침묵 속으로

─────── 봄은 겨울로부터 오는 것이 아니다.

봄은 침묵으로부터 온다.

또한 그 침묵으로부터

겨울이, 그리고 여름과 가을이 온다.

- Max Picard, 「침묵의 세계」 중에서

'위대한 침묵'을 관람했다. 2시간 42분의 상영시간이 짧게 느껴질 만큼 정말 좋은 다큐였다. 필립 그로닝 감독은 촬영을 요청한 지 십 수 년 만에 간신히 촬영 허락을 받았다고 한다.

촬영에 앞서 수도원은 인공조명을 사용하지 말고, 있는 그대로의 소리 외에는 그 어떤 음악도, 인공적인 음향도 추가하지 말고, 수도자들의 삶에 대해 어떤 해설도 논평도 하지 말고, 스텝 없이 감독 혼자 수도원에 들어와 촬영해줄 것을 요청했다.

그래서 필립 그로닝 감독은 이 영화를 찍기 위해 알프스 깊은 산골 수도원 독방에 머물며 수도자의 삶을 몸소 체험하게 되었다.

수도원의 군더더기 없는 의식과 느리게 반복되는 일상의 침묵 속으로 걸어 들어가 그가 카메라에 담은 영상은 숨이 막힐 듯이 고요해서 더 아름다웠다.

한동안 세속의 삶을 다 내려놓고 혼자 카메라를 작동하고 소리를 녹음하느라 고생이 많았겠지만, 일반인은 누구도 들어갈 수 없는 가난하고 아름다운 알프스의 봉쇄 수도원 청빈한 침묵 속에서 고요히 자신을 들여다 보며 지낼 수 있었던 감독이 정말 부러웠다.

온갖 소음과 소란으로 날마다 귀를 더럽히며 고달프게 살아가는 내게 아름답고 청빈한 침묵 그 느릿한 일상의 기도와 공부, 그리고 저마다의 노동이 보여주는 시간과 자연의 변화가 청량한 물보라처럼 세속의 욕망에 찌든 내 정신을 말갛게 씻어주는 것 같았다.

카르투지오 수도원의 영상 다큐는 좋은 시집詩集 한 권을 읽듯 고요한 침묵 속으로 우리를 초대한다.

빈센트 반 고흐를 떠올리며

———————— 도로타 코비엘라 & 휴 웰치맨 감독의 유화 애니메이션 영화 '러빙 빈센트; 비하인드 에디션'을 봤다. 영화를 보다가 문득 30여 년 전 문예대학 수업 첫 숙제 주제가 '빈센트 반 고흐'였다는 생각이 났다.

30여 명의 수강생 중 대여섯 작품을 뽑아 수업을 진행했는데, 첫 번째로 소개된 시가 내가 밤새워 써낸 시였다. 지금은 어디로 사라졌는지 알 수 없고 시의 내용에 대해서도 가물가물하다. 하지만 열정만 가득했던 서툰 시를 강사였던 중진 시인이 칭찬해준 덕분에 지금까지 즐거운 추억으로 남아있다.

빈센트 반 고흐의 그림들을 입혀 만든 애니메이션 영화는 색달랐다. 가난하고 외롭고 불안하고 여리고 우울하고 고독했던 화가, 생전에 사랑받지 못했던 그의 그림들이 화면 속에서 눈부시게 살아 움직이는 영화는 감동적이었다. 엔딩 곡으로

Liann La Havas의 '별이 빛나는 밤Starry, Starry Night'을 들으며 그가 남긴 글을 떠올렸다.

　　대부분의 사람들 눈에 나는 무엇일까?
　　아무것도 아니다. 별 볼 일 없고 유쾌하지 않은 사람
　　전에도 그렇고 앞으로도 절대 사회적 지위를 가질 수 없는 사람
　　짧게 말해 바닥 중의 바닥
　　이 모든 얘기가 진실이라고 해도
　　언젠가는 내 작품을 선보이고 싶다.
　　보잘 것 없는 내가 마음에 품은 것들을……
　　나는 나의 예술로 사람들을 어루만지고 싶다.
　　사람들이 이렇게 말하길 바란다.
　　'마음이 참 깊은 사람이구나.
　　마음이 따뜻한 사람이구나.'

　　그의 소망대로 사람들은 그의 그림에서 그의 깊은 속내를 읽어내고 그의 따뜻한 마음을 느끼며 그를 이해하고 사랑하게 되었으니, 그는 성공한 예술가다. 비참하고 고독했던 그였지만 빈센트 반 고흐를 기리는 노래를 만들어 헌정한 사람도 있고, 그가 남긴 그림들로 유화 애니메이션을 만들려고 모인 사람들도 이렇게 많이 있으니 말이다.

동생의 도움으로 살아가던 생전의 그는 너무 비참하고 불우했지만 죽어서 이토록 넘치는 세상의 사랑을 받고 있는 빈센트 반 고흐, 그는 그의 그림과 함께 오래도록 사람들의 마음속 깊이 살아있을 것이다.

10여 년 동안 그는 43점의 자화상을 남겼다고 한다. 가난해서 모델을 구할 수 없기도 했고 사람들이 그의 모델이 되는 걸 꺼리니 어쩔 수 없이 거울 속에 있는 자기 얼굴을 곰곰이 들여다보면서 자화상을 그릴 수밖에 없었을 것이다.

그렇게 자신만의 독특한 인물화 기법을 그는 터득했을 것이다. 하지만 그것이 빈센트 반 고흐를 망상과 발작에 이르게 한 원인이 된 것이 아닌가 하는 생각이 든다.

동생에게 쓴 편지에 자화상이 자기 고백과 다름없다고 했는데, 자기 안에 매몰된 그의 자화상들을 보면 왠지 그를 조금은 이해할 수 있을 것 같았다. 해바라기 그림도, 밀밭도, 별이 빛나는 밤도, 사이프러스 나무도, 넘실대는 소용돌이들이 불안하게 흔들리는 그의 눈빛으로 심리적 불안으로 읽히니 말이다.

사랑의 유효기간

——————— 아들을 가진 엄마인 탓에 이 영화를 보며 많은 생각이 오갔다.

37세의 이혼녀 라피우마 셔먼는 심리 상담사 리사메릴 스트립를 찾아가 자신의 온갖 괴로운 상황들을 털어놓으며 마음의 상처를 위로받곤 한다.

그러다가 우연히 알게 된 23살 데이브브라이언 그린버그와 서로 첫눈에 반하게 된다. 자신보다 한참 어린 나이가 마음에 걸렸으나, 그에게 끌리는 마음을 놓치기 싫은 라피는 심리 상담사 리사의 적극적인 지지에 용기를 얻어 생애 최고의 눈부신 로맨스를 시작한다.

데이브와의 도발적이고 뜨거운 연애 일기를 리사에게 다 털어놓으며 행복해하는 라피의 모습을 보며 리사도 진심으로 기뻐한다.

그러던 어느 날 라피의 새 연인이 자신의 아들이라는 사실을 알게 된 리사는 상담사라는 직업의식과 엄마라는 입장 사이에서 난처해져 어찌할 바를 모르고 괴로워한다. 그런 줄도 모르고 라피와 데이브는 사랑을 키워나간다.

상담치료사와 엄마라는 이중적일 수밖에 없는 리사의 복합적이고 헝클어진 심경이 내게 밀물처럼 몰려왔다. 메릴 스트립이라는 배우에게서 내게로 시리도록 아프게 건너왔다.

라피의 도움으로 데이브는 화가로 성장한다. 그러나 라피는 사랑한다는 것만으로 함께 할 수는 없다는 것을 깨닫는다. 그리고 마음 아픈 결단을 하고 두 사람은 헤어진다.

일 년 후, 데이브는 두고 온 모자를 가지러 되돌아간 카페에서 우연히 일행과 즐겁게 웃고 있는 라피를 성에 낀 창문 밖에서 들여다보게 된다.

두 사람은 잠시 눈길이 마주치지만, 뒤돌아선다. 성에 낀 유리창을 닦듯이 불현듯 마주치게 되는 옛사랑의 여운. 사랑이란 독감을 앓듯이 호된 시간을 거쳐 그렇게 지나가고 만다.

연극이 끝나고 주연배우가 무대 뒤로 사라지듯이 사랑도 그렇게 배경음악처럼 아련하게 여운을 남기며 사라져버리는 것이다.

조용한 열정

─────── 늦잠을 자다가 에밀리 디킨슨의 생애를 영화로 만든 테렌스 데이비드 감독의 '조용한 열정'을 보자는 ㅂ시인의 카톡 소리에 깨어났지만, 서로 시간이 맞지 않아 포기할 수밖에 없었다.

그러다가 지금 놓치면 이 영화를 다시 만날 수 없을 것 같다는 생각이 들어 혼자서라도 보기로 했다. 번개처럼 옷을 갈아입고 10시 30분에 시작하는 영화를 보러 달려갔다.

자아가 강하고 독립적이며 열정적이고 우울하고 고독한 독신 여자, 에밀리 디킨슨. 화면 속의 그녀는 너무나도 엄격하고 고고했다.

그녀는 불화하는 세상과 실존적인 존재의 고민을 시로 풀어내며 살아간다. 여성이 인정받기 어려웠던 시절 1930년대에 태어난 에밀리는 심한 자기 비하와 분노로 가끔씩 폭풍과 같은 감정의 소용돌이 속에 휘말리곤 한다. 앓고 있던 신장염의 고통과 함께 그녀는 점점 더 피폐해져 간다.

디킨슨이 시를 쓰던 새벽에 올케 수잔이 와서 나누던 대화가 기억에 남는다.

"네겐 시가 있잖아."

"너에겐 삶이 있잖아, 난 그저 일상이고……. 시는 구제불능인 나에게 하느님이 주신 유일한 선물이야."

시를 쓰는 일이 자신이 숨을 쉬고 살아갈 수 있는 유일한 방식이라고 그녀는 말한다. 평범하지 않은 독신의 그녀에게 삶이 아닌 '시'가 일상인 것이 슬펐다.

가을에 그대 오신다면
여름은 훌훌 털어버릴래요.
미소와 콧방귀로 파리를 쫓듯
일 년 뒤 그대 오신다면
각 달을 공처럼 말아
서랍에 넣을래요, 때가 올 때까지
만약 더 늦어진다면 손 위에서 셀게요.
그러다 손가락이 나락에 떨어질 때까지
만약 이 생이 끝나고 당신과 함께 할 수 있다면

이 생은 벗어버리고 영원을 맛볼래요.

디킨슨이 쓴 이룰 수 없는 사랑의 시를 따라 읽으며 요양원에 있는 한 친구를 떠올렸다. 에밀리 디킨슨처럼 이룰 수 없는 사랑 때문에 병이 들어버린 그녀가 문득 에밀리 디킨슨을 닮은 듯이 느껴졌기 때문이다.

내가 영화관에 있던 그날 낮 12시쯤, 화면 속에서 신시아 닉슨이 연기한 에밀리 디킨슨이 고통으로 숨겨가던 그 시각에 투병 중이던 그 친구가 눈을 감았다고 한다.

에밀리 디킨슨의 휑한 눈빛을 보며 감정이입이 되어 앓고 있는 내 친구를 강렬하게 느꼈던 그 순간, 그녀의 마지막 혼이 나를 찾아 영화관을 다녀갔을지도 모른다는 생각이 들었다.

늙어 간다는 것

——————— 늦은 밤 홀로 관람한 영화 파울로 소렌티노 감독의 'YOUTH'는 아름답고 쓸쓸하고 서글픈 한 편의 서사시였다.

스위스의 아름다운 풍광도, 천국처럼 호사스러운 휴양지 호텔의 일상도, 성 마르코 광장이 물에 잠기는 꿈도, 삶에 대한 통찰이 담긴 대화들도 그랬다.

아내의 치매로 생기를 잃고 영국 황실의 공연조차 거듭 고사한 지휘자 프레드와 아직도 의욕이 충만한 그의 오랜 친구 영화감독 믹을 보며 생각했다. 나이답지 않게 넘치는 열정이 상처를 입게 되는 순간, 얼마나 허망하게 삶을 놓아버리게 되는지…….

젊은 시절 인기 많은 축구선수였지만, 지금은 제 몸조차 가누지 못해 산소 호흡기에 의지하고 있는 늙은 뚱보가 테니스 공을 보더니 휠체어에서 일어나 그 공을 힘껏 발로 차올리던 모습이 지금도 눈에 선하다. 젊음은 생기이며 열정이라는 것이 가슴 뭉클하게 느껴졌다.

프레드와 믹의 대화중에, '없는 시간을 쪼개어 어린 딸을 위해 얼마나 열심히 애를 썼는데 레나는 아무것도 기억하지 못해. 그저 원망만 할 뿐이야.'라는 구절이 가슴에 닿았다. 우리가 우리의 부모에게 그랬던 것처럼 우리의 아이들도 어쩌면 그럴 것이다.

과거의 기억은 점점 희미해지고 남아있는 시간은 제각기 저마다의 미래를 향해 나아간다. 늙어간다는 것은 쓸쓸하고 서글프고 권태롭지만 맞아들여야 하는 우리 모두의 마지막 숙제라는 생각이 들었다.

영화 마지막 부분에서 프레드가 영국 황실에서 조수미와 협연하는 심플 송은 감동이었다. 물속 깊숙이 가라앉던 위기의 프레드가 노년의 시간을 담담하게 받아들이게 된 것에 안도하며 영화관을 나왔다.

영화를 보는 동안 내 옆자리에 내 또래 부부가 앉았는데 여자의 코 고는 소리에 몹시 신경이 쓰였다. 하지만 어찌 하리, 그녀 또한 늙어가는 한 존재인 것을.

냄새는 너무 힘이 세다

———— 봉준호 감독이 사회학을 전공해서인지, 갈수록 심화되어가는 현대사회의 빈부 격차와 계층 간의 갈등을 담아내는 시선이 위트 있고 묵직해서 좋았다. 출연한 배우들의 연기도 훌륭해서 마치 현실 속 인간들과 마주친 듯 몰입했다.

반지하에 사는 가족들은 아무렇지도 않게 불법을 저지르고 희희낙락한다. 그 이중성이 참으로 뻔뻔스러워 보였다.

사기를 치고 선악을 넘나들며 블랙코미디 같은 말과 행동을 할 때 관객들은 저마다 처한 위치와 처지 그리고 은밀하게 숨겨진 내면까지 속속들이 들켜버린 것 같아 불편해진다. 관객들의 호불호가 극명하게 갈리는 것도 이러한 심리 때문인지 모른다.

가정부 충숙은 돈이 주름을 펴주는 다리미라고 여기며 돈만 많으면 자신도 사모님처럼 선해질 것이라고 믿는다. 예의 바르고 신사 같은 박 사장은 선을 넘는 것에 매우 민감하게 반응한다. 박 사장의 아내 연교는 아무도 의심하지 않고 순박한 듯 단순하기만 하다.

작품 속의 이러한 인물들을 보면 부자라서 악한 것도 아니고 가난하다고 선한 것도 아니다. '기생충'에서 마주쳤던 불편함조차 기꺼이 받아들이며 인간 그 자체를 한 발짝 더 깊숙이 응시해야겠다는 생각이 들었다.

복잡하고 삭막한 현대를 살아가는 우리는 어쩌면 저마다 악취를 고약하게 풍기며 누군가에게 기생하는 기생충이라는 인식이 새로웠다. 영화 속에서 냄새에 관한 장면이 나올 때마다 누구에게선가 어디에선가 맡았던 냄새들이 스멀스멀 피어오르는 것 같았다.

제아무리 선을 지키며 조심한다 해도 저마다의 고유한 체취는 너무 힘이 세서 제어할 수가 없다. 고유한 자신의 존엄성이 무시당하고 폄하되었다고 느껴지는 순간 고약하게 풍기는 냄새처럼 선을 넘어 순식간에 폭발하고 만다.

무계획이 계획이라던 기택이 돌발적인 행위를 벌이는 심리는 작금의 현실 세상에 존재하는 수많은 사건과 겹쳐져 섬뜩했다.

기우는 부잣집 지하 벙커에 숨어 지내는 살인자 아버지를 위해 그 집을 꼭 사고야 말겠다고 다짐하지만 꿈을 꿀 수조차 없도록 현실은 언제나 그렇듯이 너무 가파르고 때론 무겁기만 하다.

빗물은 콸콸 폭포처럼 쏟아져 내리고, 끝없이 이어진 달동네 계단 그 아래 빗물에 잠긴 반지하에서 둥둥 떠다니는 허접한 쓰레기들, 역류하는 변기 속 구정물처럼 처절하고 암담한 현실에 저절로 공허한 탄식을 내뱉으며 몰입할 수밖에 없었던 영화였다.

냄새와 눈빛에 민감한 세상이다. 서로 선을 넘지 않고 예민한 서로의 감정선을 건드리지 않아야 한다는 생각이 든다. 내 체취 속에서 나는 악취는 어떤 것인지 문득 궁금해진다.

전쟁이 지나간 후

─────── 프랑소와 오종 감독의 영화 '프란츠'를 봤다.

1차 세계대전에서 약혼자를 잃은 독일인 안나와 외아들을 잃은 노부부는 함께 슬픔과 상심의 나날을 보내고 있었다. 안나는 날마다 묘지에 들러 꽃을 심고 물을 주며 슬픔과 그리움을 삭인다.

어느 날 안나는 프란츠의 묘지 앞에서 눈물을 흘리고 있는 낯선 프랑스 남자 아드리엥피에르 니네이과 마주친다. 안나와 프란츠의 부모는 아드리엥이 프란츠가 파리 유학 중에 만난 친구였다고 추측하고 아드리엥을 저녁식사에 초대한다.

프란츠의 부모는 파리에서 프란츠가 어찌 지냈는지 궁금해하며 아드리엥에게서 아들의 마지막 흔적을 찾고 싶어 한다. 안나는 바이올리니스트인 아드리엥에게서 보들레르의 시를 좋아하던 프란츠를 느낀다.

프란츠 부모님의 응원으로 안나는 아드리엥과 데이트도 하고 축제에서 함께 춤도 추며 가까워진다.

한편 아드리엥은 자신을 약혼자의 친구, 아들의 친구라고 환대하며 기뻐하는 프란츠의 가족들에게 죄의식을 느낀다.

파리로 돌아가기 전날 밤 그는 프란츠의 묘지 앞에서 안나에게 고백한다. 프란츠와 전쟁터에서 서로 총을 겨누고 있었는데 자신이 프란츠에게 총을 쏘아 죽였다고 말이다.

그리고 폭탄이 터지는 바람에 프란츠의 몸 위로 엎드렸을 때 프란츠의 가슴 위에 있는 호주머니 속에서 말린 장미 꽃잎과 함께 들어있던 안나의 편지를 발견했었다고 한다. 그 편지를 읽으며 괴로워하다가 프란츠의 가족을 찾아 용서를 구하고 싶어 독일로 오게 되었다고 밝힌다.

그러나 자신을 아들의 친구라고 믿고 있는 부모님에게는 차마 그 말을 할 수 없다며 아드리엥은 독일을 떠난다.

안나 역시 프란츠 부모에게 아드리엥이 프란츠를 죽인 적군이었다는 말은 차마 하지 못한다. 혼자 속앓이를 하던 안나는 시름시름 앓다 자살을 시도한다.

흑백 화면에서 느껴지는 슬픔과 절망. 안나폴라 비어의 연기는 20대 초반이라고 믿을 수 없을 만큼 압권이었다. 그녀는 마치 인생을 반쯤 살아낸 듯 우아하고 기품 있고 아름다웠다.

아드리엥이 거짓으로 만들어 낸 회상 장면에서 파리에서 프란츠와 함께 했던 추억 속의 그날과 아드리엥과 안나가 데이트를 즐기던 마을 풍경은 흑백 화면이 아닌 가라앉은 파스텔 톤 컬러 화면이었다. 흑백과 컬러의 대비가 감독의 숨은그림 찾기처럼 느껴졌다.

전쟁이 여러 나라의 많은 청년들을 어떻게 짓밟고 희생시켰는지 떠올려본다. 그리고 평화주의자였던 독일인 프란츠의 죽음으로 인해 섬세한 프랑스 청년 예술가 아드리엥이 감당해야 했던 죄책감과 전쟁 트라우마에 대해서도 생각해보았다.

아드리엥의 편지를 받고 용서할 수 없어서 괴로워하던 안나는 그를 용서하기로 하고 뒤늦게 답장을 보낸다. 그러나 편지는 반송이 되고, 안나는 아드리엥을 찾아 프랑스로 간다. 아드리엥이 프란츠의 집에서 프란츠의 바이올린으로 연주하던 쇼팽의 '녹턴 20번 Nocturne in C Sharp Minor'의 선율과 마네의 그림 '자살'이 기억에 남는다.

섬뜩한 그 '자살' 그림을 본 후 살아내기 위해 독일로 갔던 아드리엥처럼, 파리로 가서 고독한 삶을 살아가는 안나의 미래가 궁금해지는 영화였다.

어머니의 마음

——————— 감독 멜 깁슨과 짐 카비젤이 주연을 맡은 예수 생애의 마지막 12시간에 관한 이야기다.

마지막 만찬 후 겟세마니 동산에 올라간 예수는 그곳에서 사탄의 유혹을 물리친다. 그러나 그곳에서 예수 그리스도는 유다에게 배신당해 체포되고 예루살렘으로 끌려온다. 바리새인들은 재판장에서 예수 신성 모독죄로 예수 그리스도에게 사형을 선고한다.

팔레스타인의 로마 제독 빌라도는 바리새인들의 주장에 예수 그리스도를 어떻게 처리할지 고민한다. 자신이 정치적 위기에 직면해 있음을 깨달은 빌라도는 이 문제를 헤롯왕에게 의논한다. 헤롯왕은 빌라도에게 예수 그리스도를 돌려보낸다.

빌라도는 군중들에게 그리스도와 죄수 바라바 중에 누구를 석방할지 결정하도록 한다. 군중들은 '바라바에게 자유를, 예수 그리스도에게 처형을' 주장한다.

　로마 병사들에게 처참하게 채찍질을 당한 그리스도는 빌라도 앞에 다시 끌려 나온다. 빌라도는 만신창이가 된 예수 그리스도를 가리키며 군중에게 '이 정도면 충분하지 않은가' 하고 묻는다.

　그러나 피에 굶주린 군중들은 수긍하지 않는다. 딜레마에 빠진 빌라도는 군중들이 원하는 대로 처리하도록 한다. 예수 그리스도는 예루살렘 거리를 지나 골고다 언덕까지 십자가를 메고 가라는 명령을 받는다.

　골고다 언덕 위에서 예수 그리스도는 십자가에 못 박히고 그곳에서 마지막 유혹에 직면한다. 그의 아버지가 그를 버렸을지도 모른다는 두려움 때문이었다.

　하지만 예수 그리스도는 두려움을 극복하고 어머니인 마리아를 바라보며 그녀만이 완전히 이해할 수 있는 마지막 한 마디를 남기고 죽는다. '다 이루었다!', '내 영혼을 아버지 손에 맡기나이다.'

　어머니 마리아에게 감정이입이 되어 펑펑 울면서 영화를 보았다. 자식의 수난과 핍박을 지켜볼 수밖에 없는 어미 마음은 어미만이 안다. 너무 기막히고 참담한 상황에 어미는 통곡조차 하지 못한 채 창백한 표정으로 피가 튀고 살이 찢기는 아들을 숨죽여 지켜보며 눈물을 삼킨다.

로마 병사들의 무지막지한 채찍질에 만신창이가 된 아들이 십자가를 메고 질질 끌려간 후, 어머니 마리아는 총독 빌라도의 아내가 건넨 손수건으로 아들의 피범벅이 된 상처를 무릎 꿇고 앉아 말없이 닦아낸다.

십자가에 못 박혀 숨진 아들의 피 묻은 발에 키스하며 자신의 머릿수건으로 흐르는 핏물을 닦아주는 어머니 마리아의 숨이 끊어질 듯 처절한 고통에 펑펑 울었다.

예수가 이루고자 한 진리도 '이제 다 이루었다'는 그의 마지막 말도 내게는 그리 와 닿지 않았다.

어머니인 마리아의 눈물이 그렁그렁한 공포의 눈빛과, 자식을 잃어버린 고통만이 거대한 파도처럼 내게로 덮쳐왔다.

이 영화를 본 후 남한산성 성지에서 14처 기도처를 돌 적마다 나는 그날의 성모님 심정을 헤아리며 눈물짓곤 한다. 성모님과 함께 하는 기도는 나를 고요하게 하고 나를 평화롭게 해준다.

저 너머의 삶

————————— 화가 원계홍 탄생 100주년 기념전 '저 너머' 전시
기간이 연장되었다는 반가운 소식을 듣고 친구와 성곡미술관
으로 갔다.

1층 전시실에는 미완성인 작품들도 많았다. 미술을 전공하
지 않았다는 작가의 그림들은 1층을 지나 2층의 그림들을 관
람할 때쯤 내 마음에 들어오기 시작했다. 냉골이었던 구들이
온기로 서서히 데워지듯이 그렇게 천천히 은밀하게 나를 덥히
며 다가왔다.

아무도 없는 이른 새벽에 외진 도시의 골목을 찾아가 작가
는 그림을 그리곤 했단다. 서늘한 새벽의 고요함과 적막한 색
채가 그를 위로해주었을 것이다. 화단에 잘 섞이지 못했던 작
가의 외로움과 쓸쓸함이 화폭에서 묻어나는 것 같았다.

작가는 57세에 미국에 딸을 만나러 갔다가 심장마비로 사망

했다고 한다. 그 후 화가의 집과 그 집에 남겨진 작품들을 함께 구입한 사람이 지금도 그 집에 살면서, 작가의 작품들을 소중히 관리하고 있다고 한다. 이 이야기를 도슨트에게서 들으며, 원계홍 작가는 행복한 사람이라는 생각이 들었다.

전시회 관람을 마친 후, 빗길을 걸어 극장으로 가서 빔 벤더스 감독의 영화 '파리 텍사스'를 봤다. 전시회를 보고 온 탓인지 좀 전에 한가득 눈에 담아온 원계홍 작가의 골목 그림이며 산 그림의 색채가 내 의식에 섞여 화면에 번지는 것 같았다.

색채의 잔상은 주인공 트레비스가 걸어가던 사막과 헌터와 함께 자동차를 타고 달리던 새벽과 어두운 밤 불빛들과 독수리 한 마리가 사막에 내려앉는 그 찰나의 서늘함에 섞여 눈부셨다.

젊고 아름다운 아내에게 집착해 의심하던 트레비스는 삶이 지치고 무력해지자 모든 것을 떨쳐내고 그 자리를 이탈한다. 사막과 같은 황무지를 향해 무작정 달려가는 그의 행동을 나는 이해할 수 있을 것 같았다.

자신의 모습이 유리 벽 너머 옛 아내에게는 전혀 보이지 않는데도 트레비스는 아내를 마주 보며 속에 있는 말을 할 줄 모른다. 지독한 내향성의 이 사내는 등을 돌리고 앉아 남의 얘기하듯 유리 벽 너머에 있는 아내에게 고통스러웠던 옛일을 고

해성사를 하듯 이야기한다.

그 후 그는 4년 만에 만나 가까워지게 된 사랑스런 아들과 아내를 만나게 해준다. 그리고 홀로 쓸쓸히 떠난다. 그런 그가 바람에 온몸을 맡긴 파도처럼 흔들리는 밀밭처럼 느껴졌다.

움켜쥐고 있다가 미끄러져 산산조각 나버린 유리그릇을 다시 주워 담는다고 온전해질 수 있을까.

사람은 저마다 타고난 자신의 숨겨진 악습을 어느 정도 감추고 누르며 살아갈 수는 있어도 제 본성과 유전의 뿌리가 너무 깊어 매번 다시 되풀이하는 관성을 지니고 있다. 그러므로 머잖아 본래의 제 모습으로 되돌아가려는 원형 불변의 법칙을 피할 수가 없다.

트레비스는 어쩌면 자신과 아내의 미래가 예전처럼 다시 되풀이될까 두려워 홀로 길을 떠났을지 모른다는 생각이 들었다.

월식

———————— 영화 '완벽한 타인'은 이탈리아 영화 'perfect strangers'를 리메이크한 것이라고 하는데, 원작을 보지는 못했다.

지극히 현실적인 삶의 파편들을 모아 만든 이재규 감독의 영화는 위트 있는 유머와 찰진 대사로 감칠 맛 나는 블랙코미디 영화였다.

월식이 있던 밤, 집들이에 초대된 어릴 적 친구 넷과 아내 셋이 모인다. 식사를 하는 동안 휴대폰의 내용을 공유하자는 장난스러운 제안으로 인해 사건은 얼토당토않은 방향으로 불똥이 튄다.

원활한 소통을 위해 놀랍도록 진화한 휴대폰은 어느새 저마다의 비밀스러운 공간이 되어버린 지 오래다. 그 휴대폰을 통해 친구들의 구질구질하고 적나라한 삶의 밑바닥이 속속 드러난다.

누구에게나 공적인 영역과 사적인 영역이 있으며 비밀스러운 영역 또한 존재하기 마련이다. 부부도, 오랜 친구도 어쩌면 완벽한 타인일 수밖에 없다.

불안한 모습을 보여주며 영화는 우리에게 이렇게 속삭인다. 타인의 휴대폰은 열어서는 안 되는 판도라의 상자이니 절대 열지 말라고. 모두가 상처받고 상처 입는 그런 게임은 시작하는 게 아니었다며 엄포를 놓는 것 같았다.

남편이 다른 여자에게 아기를 갖게 한 것을 알게 된 여자는 결혼반지를 던져두고 간다. 반지가 맹렬한 속도로 식탁 위에서 돌고 있는 장면을 보면서 생각했다.

게임은 처음부터 시작된 적이 없고 그들에겐 아무 일도 일어나지 않았다는 것을, 불행이라고 하는 온갖 잡동사니들이 숨어 있는 판도라의 상자는 열리지 않았고 게임은 무산되었다고, 그러므로 그들 모두가 무탈하게 즐기다 웃으며 집으로 돌아갈 수 있었던 거라고 말이다.

영화가 끝난 후, 내내 불편하고 찝찝했다. 모두가 평화롭게 서로가 완벽한 타인으로 그저 모르는 게 약이라며 불안한 관계를 유지하는 것이 정말 최선인 걸까.

잠시 가려져서 보이지 않을 뿐이지 때가 되면 저절로 모습을 드러내는 월식처럼 세상에 영원한 비밀이란 없는데 말이다.

이상한 나라의 수학자

—————— 우울할 때마다 혼자 영화를 본다. 남편과 감정이 쌓여 불편할 때도 영화를 보러 간다. 그날도 그랬다. 같이 있으면 폭발할 것 같아서 재빨리 어두운 영화관 안으로 숨어들었다.

영화관 안에 관객이라고는 나를 포함해 늙은 여자가 둘, 중년 여자 하나 그리고 청년이 둘, 다 합해서 다섯뿐이었다.

최민식이 상위 1% 명문 자사고 경비로 숨어 지내는 천재 수학자 탈북민 이학성으로 분한 영화는 잔잔한 감동과 함께 탄탄한 서사를 지닌 영화였다.

사회적 배려자 전형으로 입학한 선우는 수학 포기자가 되느냐 마느냐 기로에서 방황한다. 그리고 우연히 이학성에게 수학을 배우게 되면서 수학 공부를 통해 성장하고 내면 깊숙이 자리 잡고 있던 마음의 상처도 치유된다.

대학 입시를 위해 내신 점수를 올리려고 억지로 하는 수학 공부가 아니라, 공부가 좋아서 그 과정을 즐기며 집중하는 것이 얼마나 신나고 흥미로운 일인지 영화는 이야기해 주고 있다. 영화 속의 수학자는 원주율의 연속되는 숫자에 황홀한 아름다움을 느낀다고 한다.

이 영화는 벽처럼 완고하게 느껴져 멀리 달아나게 하는 수학을 따뜻한 시선으로 다가설 수 있게 이끈다. 수학이 바흐의 무반주 첼로 연주나 파이 송 등의 음악과 함께 융합의 하모니를 보여주는 방식도 신선했다.

이 영화가 수학에 지레 겁을 먹고 있는 아이들에게 어쩌면 아주 조금이라도 수학에 관심을 갖도록 만들 수도 있지 않을까 하는 생각이 들었다.

우리 손자들에게 때가 되면 이 영화를 꼭 보여주고 싶다. 아들들에게 잊지 않고 꼭 말해주어야겠다.

식사를 마치고 호수를 한 바퀴 돌았다. 호숫가 카페에서 커피도 마셨다. 마음이 한결 풀려 집에 왔더니 남편이 보이지 않는다. 남편도 자신이 좋아하는 자전거를 타러 나간 것 같았다.

기이하고 잔혹하며 훈훈하고 따스한

_____ 영화 '바쿠라우'는 기이하고 잔혹하면서도 어쩐지 훈훈하고 따뜻하다. 가난한 원주민들은 우리의 기대와는 달리 결코 서로 불화하지 않는다. 심지어 현상금이 걸려있는 혁명가를 아무도 밀고하지 않는다. 그저 서로 돕고 서로 기대며 살아간다.

정치 경제 사회적으로 소외되고 구글 지도에서조차 흔적 없이 사라져버린 오지마을 바쿠라우포루투칼어로 '야행성 새'에 닥친 무시무시한 살인 공포와 맞서 마을 사람들은 한 생각 한 방향으로 움직인다. 이것이 과연 가능한 일인가.

우리의 현실 사회는 언제나 이리저리 서로 갈라져 헐뜯고 모함하고 짓밟고 배신하는 심리가 만연해 늘 어지럽고 소란하다.
그런데 화면 속 바쿠라우의 원주민들은 남미의 광활한 풍경을 닮아서인지 어질고 지혜롭다. 그들은 저절로 몸에 익힌 인간의 도리를 소중히 여기며 주어진 척박한 환경에 적응하고 살아간다.

장례식도 모두 모여서 돕고 함께 슬퍼하며 치른다. 장례식장에서 술주정하는 노파의 행패조차 비난하지 않는다. 시장이 댐을 막아 식수조차 끊긴 상황인데도 족장 할머니 관에서 쏟아지는 물줄기 환상을 보며 긍정의 미래를 내다본다. 아무리 절망적이어도 결코 포기하지 않는다.

순수한 그들은 인간 본연의 질긴 생명력으로 어떤 상황도 의연하게 대처한다. 그래서 너무 때가 묻어버린 현실 속의 우리를 되돌아보게 된다.

놀이라도 하는 것처럼 총 칼로 무자비하게 사람을 죽이는 침략자에 맞서 모두 한 마음이 되어 일사불란하게 움직인다. 그렇게 적을 물리친다. 이런 모습은 동화나 신화에서만 가능한 일이 아닐까.

영화 속에서 힘을 가진 자들의 비열한 속성을 풍자하듯 폐지로 버려진 헌 책 무더기와 유통기한이 지난 식품들, 검증되지 않은 b급 의약품들을 싣고 와 생색을 내며 표를 구걸하는 시장의 얄팍한 술수에 눈 하나 깜빡하지 않는다. 바쿠라우 원주민들은 그런 얄팍한 술수에 넘어가는 자가 한 명도 없다. 밀고하여 그들에게 동조하는 배신자도 하나 없다.

화면 속 잔혹한 장면조차 신화처럼 동화처럼 느껴지는 참 기이하고 신나고 재미있는 영화였다.

안도 다다오

전문 미즈노 시게 노리 감독의 다큐 영화, '안도 다다오'를 관람했다. 빛의 교회, 지중미술관, 푼타 델라도가나 미술관 등을 설계한 안도 다다오는 건축계의 노벨상이라 불리는 프리츠커 상을 수상한 건축계의 거장이다.

안도 다다오는 고등학교 시절 돈을 벌기 위해 권투를 하다가 르 코르뷔지에*의 책을 읽은 후 건축을 좋아하게 되었다. 유럽의 유명한 건축물들을 찾아가 온종일 그곳에 머물며 생각에 잠기곤 했다.

어쩌면 그는 건축을 전공하지 않았기 때문에 그만의 건축공법을 스스로 찾아낼 수 있었을지도 모른다. 그는 자연과 빛과 노출콘크리트의 조화에 대해 깊이 골몰하고 노력해 새로운 공법을 찾아낸다.

그의 우상이 된 르 코르뷔지에를 만나러 유럽에 건너간 그는 걷고 또 걸으며 유명한 건축물들을 보고 건물과 자연과 빛의 신비로운 조화가 인간의 삶과 휴식에 미치는 영향에 대해 깊이 생각하게 되었다.

몇 해 전에 그가 설계한 예술의 섬 나오시마 지중미술관에 다녀왔다. 모네의 수련 그림이 걸린 미술관을 돌아보며 자연광이 그림의 색감을 얼마나 아름답고 풍요롭게 하는지, 그림을 보는 관객의 시선과 마음을 얼마나 평화롭고 고요하게 하는지 느낄 수 있었다. 지중미술관에 다녀온 후로 내가 혹시 생전에 집을 짓게 된다면 노출콘크리트 공법으로 집을 짓고 싶다는 생각이 들었다.

안도 다다오가 세계적인 건축가가 된 것은 그의 강인한 체력과 대충 넘기지 않는 근성과 실패해도 괜찮다는 뚝심 있는 추진력 때문인 것 같다.

그의 건축회사에서는 직원들의 동선이 한 눈에 훤히 보인다. 그리고 업무전화는 1층에서만 받을 수 있다. 어느 곳에서 어떤 문제가 생겼는지 바로 알아채고 빠르게 대처하기 위해서라고 하는데 그 회사 직원들은 숨이 막힐 것 같았다.

한 사람의 훌륭한 업적이 세상의 빛이 되어 남겨지기 위해서는 보이지 않는 그늘 속에 많은 이들의 희생과 고통과 도움이 동반하고 있다는 생각이 들었다.

썩 잘 만들어진 다큐 영화는 아닌 것 같았지만, 안도 다다오가 세운 많은 건축물들과 그의 개성과 생각과 말과 습성을 두루 볼 수 있게 해준 다큐여서 안도 다다오가 우리에게 주는 신뢰와 감동만으로도 충분히 관람할 가치가 있었다.

---

* 르 코르뷔지에 : 프랑스에서 활동한 스위스 태생의 건축가. 모더니즘 건축의 아버지라 불리는 인물로, 현대 건축의 기초를 다졌다고 평가되며 프랭크 로이드 라이트 등과 함께 20세기 가장 영향력 있는 건축가 중 한 명으로 꼽힌다. 현대적인 아파트 단지의 방식을 확립한 사람으로도 유명하다.

3부

주님 수난주일 성지순례

────── 내 신앙의 뿌리에 티눈 같은 굳은살이 박혀 마음이 편하지 않던 무렵이었다. 주님 수난 주일을 맞아 배론으로 성지 순례를 갔다.

버스가 강변도로를 지나 영동고속도로 접어들 때까지 창 밖의 4월이 얼마나 아름다운지 미처 몰랐다. 마음의 여유가 없어서였다. 그런데 갑자기 스쳐 지나가는 봄날의 풍경들이 환하게 눈에 들어왔다. 강원도를 넘나들며 남원주, 신림을 지나 배론으로 가는 길. 눈길 닿는 곳마다 눈이 부시도록 환한 4월이었다.

배론은 신유박해 때 황사영 알렉시오가 발이 부르트도록 걸어가 토굴 속에 숨어 지내며 무너지고 있는 교회를 위해 백서를 쓴 고난의 땅이다.

버스는 수려한 계곡을 옆구리에 끼고 천천히 산허리를 돌아 노송들이 빼곡하게 들어선 산길을 돌고 돌아 한참을 더 들어갔다. 배론 성지는 바람 한 점 없이 고요했다.

맑은 물이 흐르는 개울을 건너 소 성당으로 갔다. 성가 반주를 전자기타로 하는 미사는 처음이었다. 피아노 반주보다 더 친근하고 아름다운 기타 선율에 눈물이 났다. 배은하 신부님의 강론은 깊고 맑고 시리도록 아팠다. 내 안의 묵은 때도 미움도 집착도 단숨에 씻겨나가는 듯 마음이 가벼워졌다.

지난겨울 폭설에 잎을 다 떨구고 무사히 겨울을 난 활엽수들은 어린 새싹을 틔우고 있었다. 그런데 사시사철 푸르게 잎을 달고 있던 침엽수들은 무거운 눈에 덮여 가지가 꺾여 부러지고 뿌리째 넘어지는 수난을 당했다고 한다.

부질없는 욕망과 집착이 얼마나 삶을 황폐하게 만들고 자신을 망가뜨리는지 묵상했다. 황폐해진 나를 버리고 참 '나'를 발견하게 해준 소중한 시간이었다.

배론에서

성당 안
성가 연습
전자기타 소리
은 피라미 떼처럼 튀어나와
한낮의 햇살과 노는

주님 수난주일

파릇파릇 새싹이 돋고
개울물은 간지럼 타며
친친 동여맨 옷고름 풀어
길 따라 수줍게 흘러가는데

고난과 고통으로 꽃피운
거룩한 분께 바치는
서러운 화살기도

내 안의 욕망이며 집착의 얼룩
훤히 드러나
눈물 난다

색색으로 껴입은
부질없는 생각 벗어던지고
저 개울물 따라 재잘대며
멀리 어디론가
흘러가고 싶었다
- 장진숙 시집 『아름다운 경계』, '베론에서' 전문

인내는 수양을, 수양은 희망을

—————— 새순처럼 어여쁜 첫 마음과 겸손을 잃어버리는 순간, 환히 밝혀오던 희망의 불씨는 사그라들고 만다. 욕망의 때가 쌓여 무거워지고 가속도가 실리면 삶은 내리막을 향해 곤두박질치기도 한다.

산다는 것은 그런 것이다. 그러니 단단한 씨앗을 거둘 수 있도록 고난과 시련을 꽃으로 피워내야 한다.

장마가 시작되었다. 샤워실 모서리의 유리 선반이 그새 헐거워졌는지 샴푸며 린스며 비누들을 바닥으로 자꾸만 내동댕이친다. 수선을 의뢰했더니 낯선 청년이 와서 새것으로 바꿔달아주었다. 주방 서랍이며 경첩도 반듯하게 바로잡아 주었다.

고마운 마음에 기분이 좋아져서 후하게 값을 치르려고 했다. 그런데 키 큰 청년은 끝내 사양하며 유리 선반 값만 받아들고 돌아섰다. 그의 뒷모습을 보며 유월의 미루나무처럼 푸르렀던 젊은 날의 한 사내를 떠올렸다.

이십여 년 전 베란다를 터서 거실을 넓히는 공사를 할 때 처음 본 그는 20대 중반의 잡역부였다. 중년의 십장 밑에서 온갖 험한 일들을 두루 섭렵하며 거친 세상과 만나고 있었다.

커다란 쇠망치로 단단한 벽을 깨부수고 깨부순 폐건축 자재들을 자루에 담아 나르고 무거운 타일과 모래와 시멘트를 검게 그을린 어깨로 짊어져 날랐다.

버즘 핀 가난이 얼굴에 가득했지만 부드러운 인상과 선한 눈빛이 순박하고 진중한 젊은이었다. 그는 함께 온 다른 일꾼들처럼 요령도 피우지 않았다. 약속을 잘 지키기 위해 애쓰는 신실한 청년이었다.

세월이 한참 흐른 어느 날, 그가 상기된 얼굴로 아파트 상가 지하에 동업으로 가게를 냈다며 명함을 들고 찾아왔다. 그날 이후 그는 우리 집 인테리어 주치의(?)가 되었다. 그동안 몇 차례 제법 큰 공사도 맡아서 했으며 도배도 여러 번 되풀이했다.

시간이 갈수록 구석구석 손 봐야 할 것들이 서까래에 좀이 슬듯이 생겨났다. 그는 고장 나고 낡은 것들을 진단하고 보수하러 종종거리며 우리 집에 자주 드나들었다.

맡은 일에 늘 최선을 다하는 그의 꼼꼼한 일 처리에 나는 흡

족했다. 그래서 새로 이사한 이웃들에게도 오지랖 넓게 그의 가게가 착한 가게라며 나서서 알려주곤 했다.

몇 해가 또 흘렀다. 그는 형편이 좋아졌는지 지하에서 지상으로 자리를 옮기고 독립했다. 그의 가게는 입소문을 탔는지 눈코 뜰 새 없이 바쁘게 일이 몰리는 듯했다. 그를 돕는 일꾼들도 점점 더 늘어갔다.

스무 해가 넘도록 일밖에 모르던 그는 언제부터인지 일에서 손을 놓았다. 허름한 작업복도 벗어버렸다. 그가 고용한 작업반장들이 일꾼들을 데리고 일을 다녔다.

신수가 훤해진 그의 얼굴에는 윤기가 흘렀다. 단지 안에 50평형대 아파트도 진즉에 마련했다고 했다. 세월이 갈수록 그는 부자가 되어갔다. 그즈음 그의 어깨엔 힘이 잔뜩 들어가 있었다. 그의 성실함과 피나는 노력이 드디어 꽃을 피운 거라며 모두가 기꺼이 그들 부부를 축하해주었다.

그런데 언제부턴지 그에 대한 불만이 여기저기서 불거져 나오기 시작했다. 그가 고용한 일꾼들이 일은 꼼꼼하게 하지도 않고 터무니없이 비싼 비용만 요구하더라는 볼멘소리도 들려왔다. 그즈음 그가 신도시에 대형 갈빗집을 개업했다는 소문이 돌았다. 생각해 보니 그동안 상가의 터줏대감처럼 늘 상가 근처에서 마주치던 그를 볼 수 없게 된 지 오래였다.

가로등에 불이 켜지던 어느 저녁 무렵 전구를 사러 상가에 들렀다가 그의 가게 앞을 지나게 되었다. 언제나 상냥하게 전화를 받으며 가게를 지키던 그의 아내가 웬일인지 보이지 않았다. 그 시간쯤이면 일을 마친 일꾼들로 붐벼야 할 가게 주변이 어수선하고 휑하니 비어 있었다.

　너무 놀랍고 의아해서 건너편 전자 가게 여자에게 물었더니, 그들 부부가 주변에 많은 빚을 지고 며칠 전에 야반도주를 했다며 안타까워했다.

　안 그래도 그렇게 진중하고 성실하던 사람이 몇 달 전부터는 부실하게 해놓은 화장실 하자보수를 몇 번이고 전화로 다시 부탁해도 건성으로 듣는 것 같긴 했다. 약속을 잊은 건지 사람도 보내지 않았고 연락도 없었다. 그와 그의 가게에 대한 오랜 신뢰가 무너지고 내가 사람을 잘못 본 게 아닌가 하는 자괴감에 속상해하던 참이었다.

　어수선하게 비어 있던 그의 가게 자리에 처음 보는 낯선 사람이 와서 문을 열고 일을 시작한 것은 그런 일이 있고 난 후 두 달쯤 지나서였다.

　그동안 상가를 지날 때마다 습관처럼 그들 부부의 그림자가 어른거리는 가게 쪽으로 시선이 가곤 했다. 무뚝뚝한 저 새 주인의 단골이 되려면 얼마나 긴 시간 동안 서로의 진심과 신뢰를 다시 쌓아가야 할지 문득 막막하고 쓸쓸해졌다.

그들 일가의 부도로 벌 떼처럼 들끓던 상가는 어느새 저마다의 일상으로 빠르게 돌아왔다. 아무도 그의 이야기를 더는 입에 올리지 않았다.

지금 한창 공부해야 할 삼 남매의 교육비가 가장 많이 필요한 시기일 텐데 의지가지없이 낯선 곳에서 시련을 겪고 있을 그의 가족을 떠올리면 마음이 언짢았다.

며칠 전 장마에 쫓겨 허둥지둥 사라졌던 태양이 검은 구름을 헤치고 눈부시게 환한 얼굴을 내밀고 있다. 여름은 여름다워야 하고 여름 볕은 뜨거워야 우리 삶의 열매도 달게 익어갈 것이다.

'환란은 인내를 낳고 인내는 수양을, 수양은 희망을 낳는다'는 로마서 한 구절을 화인처럼 내 안에 새기고 우두커니 들여다보는 버릇이 생겼다.

그가 다시 빛나는 젊은 날의 초심으로 돌아가 그들 앞에 밀어닥친 쓰나미 같은 시련을 잘 이겨낼 수 있기를 바란다. 무던히 참고 인내하여 쓰러진 그가 새로운 희망으로 힘차게 다시 일어설 것을 믿는다.

6월, 그 기억의 상처

———— 슈베르트의 '죽음과 소녀'를 들을 때마다 그녀가 떠오른다. 내면 깊숙이 어두운 기억의 상처로부터 끝내 자유롭지 못했던 친구.

오랜 공포에 휘둘리며 나약해진 자신을 곧추세우기 위해 숨막히는 고통의 터널 속에서 그녀는 몸부림쳤을 것이다. 어쩌면 그녀의 유월은 땅속 깊숙한 곳에서 누군가 연신 군불이라도 지펴대는 듯 유난히도 뜨겁고 무더워 더더욱 견딜 수가 없었는지도 모르겠다.

자정을 훌쩍 넘긴 시간이었다. 열대야로 잠들지 못해 뒤척이고 있는데 날카롭고 섬뜩한 전화벨 소리가 고요하게 잠든 집안을 뒤흔들며 보채듯 울려댔다. 십 수년 동안 우울증과 조울증에 시달려 온 그녀의 시체가 한강 하류에서 발견됐다는 그녀 남편의 전화였다.

몇 해 전 광화문에서 그녀를 우연히 만났다. 늦가을쯤 서울로 이사를 올 거라고 했는데 그렇게 헤어진 후, 몇 해가 지나도록 소식이 끊기고 말았다. 걱정 끝에 지쳐버린 그해 유월 그즈음엔 소식 없는 그녀에게 잔뜩 부아가 나 있던 참이었다.

　허둥지둥 집을 나섰다. 병원 영안실을 향해 달리는 택시 안에서 불빛이 흔들리는 캄캄한 강물을 보며, 누군가에게 치미는 뜨거운 분노로 가슴이 터질 것만 같았다.

　그녀는 여학교 시절 내 짝이었다. 꽃샘추위가 기승을 부리던 3월 입학식에서 그녀는 사슴처럼 순한 눈매로 말없이 웃으며 내 손을 잡았다. 햇솜처럼 부드럽던 그녀의 온기가 지금도 손에 잡힐 듯 생생해 눈물이 솟구친다.

　그녀는 자취하던 내가 연탄불을 꺼트려 아침을 거른 채 도시락도 없이 학교에 가면 쉬는 시간에 제 도시락을 풀어 나를 먹이곤 했다. 또, 어느 해 유월 내가 전주 백일장에 나가게 되자 나보다 더 기뻐하며 새로 산 제 만년필을 건네주며 활짝 웃던 친구였다.

　여학교를 졸업하고 취업을 가게 된 그녀는 서울로 떠났다. 그 무렵 서울과 ㅈ시의 물리적인 거리만큼이나 서로의 관심사며 살아가는 방식과 생각도 많이 다르다는 것을 새삼 느끼게 되었다. 어쩌다 서로 만나면 뛸 듯이 반가웠지만, 시간이 흐를

수록 왠지 모를 서먹함과 보이지 않는 거리감으로 점차 소원해졌다.

우리 둘 다 제각기 결혼해 아이를 둘씩 낳은 서른 살 무렵, 서울 외곽에 살고 있던 그녀가 서울 우리 집에 두어 번 다녀간 후론 소식도 뜸해졌다. 그녀도 나도 연년생 아이들을 키우며 개미 쳇바퀴 돌듯 정신없이 사느라 그러려니 하며 서로 무심했던 세월이었다.

그러던 어느 해 여름이었다. 고향에 내려갔다가 우연히 길에서 마주친 선배에게 전해 들은 뜻밖의 이야기는 너무 놀랍고 안타깝고 혼란스러웠다.

그녀와 허물없이 가깝게 지낸 고향의 k라는 여자와 약혼 중이던 남자가 그 지역에서 이름난 어깨(?)였는데, 봄꽃이 피어나듯 환하게 피어나던 스무 살 무렵의 어여쁜 그녀를 한적한 길목에서 자동차로 납치해 사흘 동안 끌고 다녔다는 것이다.

결혼을 한 후에 어찌어찌 그 사실을 알게 된 k는 펄펄 뛰며 가엾은 그녀를 죽도록 미워했다고 한다. 왜 진즉 말해주지 않았느냐며 오래도록 그녀를 향한 분노로 이를 갈았다 한다.

하지만 그 당시 풀잎처럼 여리고 나약했던 그녀가 대체 무슨 용기로 고향에서도 이름난 그에게 참혹하게 짓밟힌 그날의 일을 내색조차 할 수 있었겠는가.

그녀의 고향 집에는 병들어 드러누운 수척한 아버지와 고만

고만한 어린 자매들 뿐, 그녀를 보호해 줄 사람은 아무도 없었다. 설령 든든한 누군가가 있었다고 해도 50여 년 전 그 시절은 여성의 정조에 대해 지나치게 완고하고 민감한 시대였으니, 그녀 자신의 고통과 상처를 누구에게도 섣불리 꺼내 보일 수조차 없었을 것이다.

아무에게도 말할 수 없는 그날의 끔찍한 고통을 끌어안은 채 그녀는 오랫동안 죽지 못해 살아왔을 것이다. 그러다가 어느 날 떠밀리듯 맞선을 보고 그녀에게 첫눈에 반했다는 착한 남자와 혼인해 평범한 삶을 살아왔다.

어쩌다 친구들과 만나거나 전화로 서로의 안부를 나눌 때마다 착하고 성실한 그녀의 남편과 사랑스러운 아이들에 대한 끊임없는 수다에 주변 친구들이 이젠 제발 그만 하라며 제지할 정도로 그녀는 한동안 참하고 가지런하게 살아가는 듯 보였다.

하지만 그녀가 떠난 후에 퍼즐을 맞춰보듯이 곰곰이 생각해 보니, 그녀 자신도 모르게 새어 나오는 깊은 한숨과 뭔지 모를 죄책감에 시달리는 듯 불안하게 흔들리던 표정과 어두운 안색이 언뜻 떠올랐다. 그녀가 고통스런 속마음을 차마 감출 수는 없었던 것 같다.

그녀가 세상 뜨기 오래 전, 시조모님 제사 준비로 정신없이 바쁘던 어느 오후였다. 지나는 길이라며 그녀가 연락도 없이 불쑥 우리 집에 들렀다. 휑한 눈빛으로 줄담배를 피우더니, 하루도 술 없이는 잠을 잘 수가 없다며 알코올 중독인 것 같다고 심란하게 웃었다.

그날 무언가를 말하려는 듯 머뭇거리며 망설이던 그녀는 흔들리는 촛불처럼 왠지 모르게 불안해 보였다. 하지만 나는 기름 냄새를 풍기며 전을 부쳐야 했다. 조기와 홍어를 쪄내고, 들기름에 나물들을 볶느라 정신없이 바빴다.

그녀는 식탁 의자에 기대앉아 바쁘게 움직이는 나를 물끄러미 바라보더니 담배를 꺼내어 라이터 불을 붙였다. 나는 그녀 앞에 커피를 내려놓으며 제발 담배 좀 줄일 수 없느냐고 건성으로 힐난을 했다. 내가 해준 것은 그뿐이었다.

도대체 그날 그녀는 나에게 어떤 존재였을까? 나는 그때 한 시간쯤이라도 아니, 30분이라도 가스 불을 잠그고 하던 일을 멈춘 채 그녀와 마주 앉았어야만 했다. 그녀와 눈을 맞추며 그녀의 근황에 관심을 가지고 귀를 기울였어야 했다.

그동안 나는 상처 깊은 그녀의 속마음을 헤아리기조차 겁이 나서 지레 외면한 것은 아니었을까? 그녀가 자신의 마음속 깊은 고통을 내게 꺼내놓을 수 없을 만큼 그렇게 나는 꽉 막힌 바람벽이었을까. 왜 나는 그날 그녀에게 선뜻 말해주지 못했을까. 그녀가 내게 차마 말하지 못한 이야기를 나도 알고 있다고, 그 일은 그냥 길을 가다 발부리를 호되게 채인 것과 다름없으니 잊어버리라고, 절대로 네 탓, 네 잘못이 아니니 그만

훌훌 떨쳐버리라고, 왜 나는 그녀를 붙들고 속 시원히 그렇게 말해주지 못했을까?

그즈음 심한 불면증으로 수면제 없이는 잠들지 못했다는 그녀 남편의 이야기를 들으며 영안실로 들어서니, 그녀의 영정 사진이 웃고 있었다. 상처투성이인 삶을 훌훌 벗어 던지고 나니 너무나 편안하다는 듯이 그렇게 환하게 웃고 있었다.

그날 이후, 십 수 년이 지난 지금도 유월의 한강 변에 서서 일렁이는 강물을 보면 시리고 아프다. 물안개 피어오르는 새벽의 강물 속으로 그렇게 걸어 들어갈 수밖에 없었던 그녀의 외로움과 고통과 절망을 끝내 함께 나눌 수 없었다는 회한에 가슴이 저리다.

오늘도 슈베르트의 '죽음과 소녀'를 들으며 지금도 여전히 그녀처럼 캄캄한 수렁의 고통 속에서 불안하게 흔들리며 살아가고 있을 또 다른 수많은 그녀들을 생각한다.

가엾은 그녀들이 돌이킬 수 없는 상처의 두려운 그림자로부터 하루빨리 씩씩하게 벗어날 수 있기를 두 손 모아 간절히 소망해 본다.

김장 이야기

———— 어제 오후에 운동 삼아 걸어서 새마을시장에 다녀왔다. 김장 채소들을 이것저것 사서 배달시킨 후, 재래시장을 기웃거리며 욕심껏 장을 봤다. 우리 동네 마트보다 과일도 싸고, 채소들은 거의 반값에 가까웠다.

집에 돌아와 채소들을 다듬고 씻고 썰고 다지고 빻아 배추 속에 넣을 재료를 준비했다. 사과와 배, 무, 양파, 파, 북어, 멸치를 넣은 다시 육수도 진하게 우려냈다. 시간이 어떻게 가는 지도 모르고 일을 하다 보니 새벽 2시가 넘어서고 있었다.

사실 올해는 김장을 안 하려고 했다. 몸이 갈수록 힘들어지고, 큰아이도 엄마 힘들다며 김치를 주문해 먹겠다며 김장하지 말라고 해서 남편에게도 그러겠다고 일러두었다.

그런데 작은언니 집에 며칠 다녀오는 동안 남편이 베란다에 있는 마늘을 죄다 까놓은 것이다. 김치를 좋아하는 남편이 며칠 걸려 깠을 마늘을 보니 무언의 압박을 느끼지 않을 수 없었다. 그래서 하는 수 없이 올해도 김장을 하기로 마음먹었다.

어떤 귀한 산해진미보다 김치를 더 좋아하는 남편이니 이제 김장을 하지 않겠다는 내가 내심 못마땅했을지도 모른다.

주문한 절임 배추 100kg이 다음 날 오전 11시쯤 도착하면 버무려 넣을 수 있도록 양념 준비를 다 마쳐야 하니 온종일 주방에 서서 시간을 보내야 할 것 같았다.

새벽녘에 잠자리에 들었다가 한낮이 거의 되어서야 간신히 일어났다. 두들겨 맞은 것처럼 전신이 마구 욱신거렸지만 '할 수 있어!' 주문을 외치며 천근만근 무거운 몸을 일으켜 세웠다.

그리고 오후 5시가 지나서야 간신히 김장을 마쳤다. 골치 아픈 숙제를 하나 끝낸 듯이 개운했다. 그런데 '이렇게 힘든 김장을 내가 언제까지 감당할 수 있을까.' 하는 생각이 스치자 물속에 가라앉은 돌멩이처럼 쓸쓸하고 적막해졌다.

친정어머니는 80대 후반까지 해마다 김장철이면 300여 포기의 배추를 손수 절여 김장을 하시곤 했다. 힘드시니 제발 그만하시라 자식들이 말려도 좀체 듣지 않고 계속하셨다. 어머니가 손수 농사를 지으시던 200여 평 텃밭에는 사시사철 온갖 채소들이 푸릇푸릇 싱싱하게 자라고 있었다.

어머니의 김장에 대한 굳은 의지와 신념은 결코 쉽게 놓아버릴 수 없는 어머니의 자존심이고 어머니의 사랑이었다.

노령의 어머니에게 김치를 가져다 먹는 우리 장 씨 일가 남매들은 대부분 바쁘다는 핑계로 김장을 도우러 갈 수조차 없었다. 그런 게 자꾸 마음이 쓰여 나는 해마다 어머니의 김장을 도우러 고향에 내려가곤 했다.

서울에서 내가 준비해야 할 것은 어머니가 텃밭에서 기르지 않는 미나리 몇 단과 어머니 아버지가 좋아하시는 케이크와 과일 정도였다.

12월 첫 주 토요일 늦은 오후, 내가 고향 집 대문을 열고 들어서면 수돗가에 놓인 깊고 커다란 통마다 텃밭의 배추들이 한가득 절여져 있었다. 그리고 뒤뜰 아궁이에서 달이는 황석어젓이 진한 냄새를 풍기며 먼저 달려 나와 나를 맞았다.

어머니가 마을 아주머니 몇 분과 함께 주방에서 무채며 갓이며 쪽파들을 썰고 찹쌀죽을 끓이고 마늘과 생강을 절구통에 빻으며 나누시는 두런두런 정겨운 사투리와 웃음소리도 덩달아 마중 나오곤 했다.

이튿날 새벽, 동도 트지 않은 캄캄한 시간에 어머니는 장화를 찾아 신고 수돗가로 나가 동네 아주머니들과 함께 그 많은 배추를 씻으시곤 했다.

요즘 내가 많아야 고작 3~4십 포기 절인 배추를 주문해 담그는 김장도 이토록 힘이 들어 엄살인데 팔순도 훌쩍 넘긴 어머니는 텃밭에서 그 무거운 배추를 베어 다듬고 수돗가로 옮겨와서 소금에 절이고 씻고 헹구는 일들이 얼마나 힘들었을까. 이제야 온전히 어머니의 오랜 노동에 시리도록 공감하며 눈시울이 뜨거워진다.

자식들 모두에게 골고루 나누고 싶은 마음에 힘든 내색조차 없이 환하게 웃으며 반기시던 그 자그마한 어머니 모습이 달무리 되어 불현듯 서늘하게 피어오르는 밤이다.

아버님 떠나신 후

_____ 2004년 2월 15일 오후였다. 수명이 다한 시계추가 멈추듯이 아버님께서 88세를 일기로 병원 중환자실에서 운명하셨다. 아내와 여러 아들딸을 두셨으나 떠나실 때는 맏며느리인 나 혼자 아버님의 임종을 지켰다.

오래전에 병들어 누우신 어머님 곁에서 늘 약 수발을 드시던 아버님의 사십여 일 투병 중에 일어난 일이었다. 경황없이 장례를 치르고 3주가 지났다.

아버님은 1916년 여름, 유복자로 태어나셔서 평생 동안 어려운 환경에서 벗어나기 위해 앞만 보며 최선을 다해 살아오셨다. 아버님께서는 아끼고 또 아끼며 힘들게 자수성가하셨다고 들었다. 얼마나 알뜰하게 아끼며 사셨던지 전등 하나 마음 놓고 환하게 켜지를 못하셨다.

아버님은 두꺼운 철갑처럼 당신 스스로를 옥죄며 철저하고 완고하게 주변을 단속하며 살아오셨다. 아버님 댁 화장실엔 언제나 5촉짜리 작은 전구가 끼워져 있어서 늘 침침하고 어두웠다. 어둑한 그 불빛이 지금도 자꾸만 눈에 밟힌다.

변비가 심한 당신을 생각해서 놓아드린 비데도 전기세 물세가 아깝다며 사용하지 않으셨다. 오래 전에 시누이들이 새로 들인 에어컨도 일 년에 단 한 번 삼복중에 맞게 되는 당신 생일날에나 켜곤 하셨다. 그런 아버님 눈치가 보여 어머님도 자식들도 마음이 늘 편치 않았다.

어느 해 설엔가는 고속버스를 타고 내려가는데 고속도로가 주차장이 되어 얼마나 지겹도록 차가 밀리던 13시간여 만에 네 식구가 시들시들 후줄근한 파김치가 되어 밤 11시 조금 지나 도착한 적이 있었다.

전등 하나 켜지 않은 캄캄한 집안으로 연년생 어린아이들이 먼저 앞장서 대문을 밀고 들어서는데, 내가 내려가 지낼 적마다 끼니를 챙겨 주었던 하얀 진돗개 메리가 캄캄한 어둠 속에서도 기특하게 나를 알아보고 길길이 날뛰며 우리를 반겼다. 앞집에 살던 사촌 시외숙모님은 하루에도 몇 번씩 드나드는데도 마주칠 적마다 사납게 짖어댄다는 그 메리가 말이다.

나는 그날 두 분 부모님이 섭섭하기만 했다. 장남 부부가 어린 손자들을 데리고 내려오는데 마루에 전등 하나 켜놓고 주무시면 얼마나 좋았을까 하고 말이다.

그 시절 나는 시댁으로 내려올 때 소도시로 들어가는 나들목을 돌 적마다 문득문득 차에서 뛰어내리고 싶었다. 늘 메슥메슥 멀미가 치밀곤 했다. 힘든 노동과 이런저런 마음고생으로 힘들었던 그 격랑의 시기를 떠올릴 때마다 어떻게 그 시간을 견뎌냈는지 스스로 놀라울 따름이다.

많은 하숙생들, 많은 형제자매들, 외가 친척분들까지 시댁에는 항상 멀미가 나도록 사람들이 바글댔다. 아이들이 학교에 입학하기 전까지는 명절에도, 부모님 생신에도, 제사에도 한 달 전부터 어서 바삐 내려오지 않고 뭐하냐며 성화셨다.

조모님 제삿날에는 남편이 출근하는 평일이라 하더라도 전을 부치고 나물을 무쳐 서울에서 익산까지 반드시 다녀와야만 했다. 아버님은 왜 그리 완고하실까. 자식들이 늘 마땅찮아 해도 평생을 초지일관 당신의 뜻을 굽히지 않으셨다.

세상 누구보다도 강한 고집으로 살아오신 아버님은 어머님과 자식들에게 지나치게 절제와 인내를 강요하셨던 터라 어머님과의 관계도 좋을 리가 없었다. 오랜 우울증과 될 대로 되라는 식의 자포자기 심리가 어머님의 병을 더욱 악화시켰다. 몇 해 전부터는 대소변조차 가리지 못하는 상태였다.

그런데 아버님께서 돌아가신 그날부터 어머님은 화장실 출입을 스스로 하려 하시고 훨훨 날 수 있을 것처럼 자유롭다고 하셨다. 어머님이 저토록 홀가분해하시는 것을 보니, 아버님께서 살아오신 그 절제의 세월이 누구를 위한 것이었는지 차마 안쓰럽게 느껴졌다.

아버님은 당신의 피나는 내핍 생활로 일곱 자식을 키워 공부시켜 세상에 부끄럽지 않게 내보내셨다. 그런데 자식들에게 그다지 애틋함이 남아있지 않은 걸 보면 베푼다는 것, 정을 준다는 것에 아버님은 너무 인색하셨던 것이 아닌가 하는 생각을 떨쳐버릴 수가 없다.

우리 부부가 결혼하고 8년쯤 됐을 때의 일이다. 아이들이 학교에 들어가기 전까지는 명절이며, 생신이며, 농사철이며, 한 달 전부터 어서 내려오라고 때마다 성화셨다. 큰아이가 학교에 입학하면서부터 부모님이 원하시는 대로 미리미리 내려갈 수 없는 상황이 되자, 아버님은 합가를 원하셨다.

어느 날인가 두 분 부모님께서 상경하셨다. 남편 직장에 사표를 내고 고향으로 내려가 인근에 있는 대학 사무직원으로 취직해 함께 살자고 하셨다. 아버님의 성향을 너무나 잘 아는 남편은 아버님이 두려워서, 원하시면 그리하겠다고 대답했다. 내 의견 따위는 묻지도 않았다. 졸지에 하숙집 밥순이로 끌려갈 상황이 된 것이다.

그 순간 갑자기 어디서 그런 용기가 났는지,

"그렇게 하길 원하신다면, 저는 이혼하겠습니다."라고 또박 또박 말했다.

'아범 데리고 가서 새장가 보내시고 아이들 학비와 생활비만 보내주시면, 저는 서울에 남아 아이들을 키워 서울에 있는 대학에 보낼 생각'이라고 말씀을 드렸다.

아버님이 놀라서 입을 떡 벌리시더니 아무 말씀도 없이 고향으로 내려가셨다. 그 후 어머님은 환갑이 되자마자 제사며 명절 차례를 모두 나에게 넘기셨다. 그리고 명절이나 제사에 막내 시동생 가족을 동반해 상경하시곤 하셨다.

연년생 두 아이가 나란히 서울대에 합격한 그해 설날 아침이었다. 세배를 받으시던 아버님께서 "네가 드디어 해냈구나!" 하시는데 나는 잠시 멍해 있다가 등줄기에서 식은땀이 흘렀다.

그동안 까맣게 잊고 있었는데, 아버님은 오래도록 마음 깊숙이 새겨두고 계셨었나 보다. 내가 아이들을 서울의 대학에 보내겠다고 한 말을 서울대로 잘못 기억하고 계셨으니 말이다.

큰아이가 중학생이 된 어느 해 가을, 단풍이 붉게 물든 10월 하순 무렵이었지 싶다. 아버님 어머님께서 친구 부부와 함께 네 분이 연락도 없이 갑자기 들이닥치셨다. 단체로 설악산을 여행하고 돌아오시는 길이라고 했다.

작고 보잘것없는 장남 집을 친구에게 자랑하고 싶으셨나 보다. 그 친구분 아들도 우리 집에서 그리 멀지 않은 거여동에 살고 있다는데 굳이 모시고 오신 것이다. 그렇게 하룻밤을 우리 집에서 주무시고 저녁과 아침, 점심 세 끼를 드시고 다음 날 오후 고속버스 차표를 사서 배웅해 드렸다.

그날은 내가 시를 한 편 써서 공부하러 나가야 하는 날이었다. 그런데 갑작스럽게 부모님의 방문으로 아버님과 어머님 그리고 친구분 부부께 방을 하나씩 내어드리고, 제일 작은 방에 두 아이를 몰아 재우고, 거실에서 남편과 내가 이불을 펴고 누웠다.

그런 상황이니 어찌 '말씀의 절'인 한 편의 시를 마무리할 수 있었겠는가. 공부를 시작한 후 처음으로 나는 결석을 했다.

요 며칠 아버님 생각에 가슴이 시리다. 당신 떠나시고 나서 그동안 당신이 버리지 못한 채 평생 끌어안고 계시던 십 수 년 동안 모아놓은 약봉지를 포함한 온갖 잡동사니가 끌려 나와 버려지는 것을 보며 아버님의 마지막 모습을 떠올린다.

한평생을 당신 스스로 세운 완고한 감옥에 갇혀 사시다 떠나신 가엾은 아버님께서 부디 평안하시기를 빈다. 바람처럼 새처럼 자유로워지시기를 기도한다.

다음 생에는 부디 우리 아버님 행복하고 훈훈한 집에 귀하게 태어나셔서 주변의 사랑 듬뿍 받으시고 훈훈하고 행복하셨으면 좋겠다.

제사에 관한 횡설수설

———— 어제는 아버님 15주년 기일이었다. 시동생 부부와 시누이 부부와 우리 가족 아홉 명을 포함해 열셋의 자손들이 모였다. 분당 동서가 전을 준비해 오고 삼색나물을 가져와 제사 준비는 예전에 비하면 훨씬 수월한 편이었다.

제사를 마치고 두런두런 둘러앉아 음복하는 모습을 바라보며 머잖아 이런 풍경마저 사라지고 나면 참 쓸쓸할 것 같은 생각이 들었다.

밤이 깊어 이것저것 챙겨 모두 떠나보낸 후 한 해가 다르게 몸이 무거워지는 것을 실감했다. 온종일 부엌에 서서 종종걸음을 해서인지 종아리가 붓고 터질 듯이 아파서 잠을 설쳤다.

아버님 20주년 기일까지는 제발 내가 건강하게 버틸 수 있으면 좋겠다는 생각이 들었다.

어머님께서 서울에 사는 30대 후반인 맏며느리에게 집안의 명절이며 제사를 넘기신 후, 시부모님은 조부모님 기일과 명절마다 제사상에 올릴 홍시를 몇 개 챙겨 들고 막내 시동생 가족과 함께 상경하시곤 했다.

88세에 아버님께서 떠나신 후부터 아버님 기일에 맞춰 제사를 지내왔는데, 제사를 접겠다는 갑작스러운 남편의 제의에도 조상의 제사를 그 무엇보다 소중히 여기시던 아버님 모습을 떠올리며 차마 그만둘 수 없었다.

그래서 20주년 제사까지는 지내드려야겠다고 마음먹었다. 불편한 마음 편해지려고 택한 내 나름의 해결책이었다.

생전의 아버님은 맏며느리인 내게 늘 형제 사이의 우애와 제사를 특히 강조하셨다. 유복자로 태어나셔서 자수성가로 최선을 다해 살아오신 단정하고 반듯한 성품을 지닌 분이셨다.

단 한 번도 아버님께 제사 비용이며 용돈 같은 것을 받아본 적 없는 며느리지만, 갖은 어려움에도 일곱 남매를 키워내신 아버님의 극진한 교육열에 저절로 고개 숙여 감사드리게 된다.

지난 일요일 아이들과 식사를 하다가 남편이 뜬금없이 '이제 제사에 오지 않아도 된다'고 했다. 그 후에도 물론 아이들은 제사에 참석하겠지만, 나이 들어 고루한 나라고 요즘 시류를 어찌 모르겠는가.

강 씨 자손들은 아무도 일을 돕지 않는데 다른 성씨 여자들만 모여 일을 해야 하니, 고학력의 젊은 며느리들이 보기에 얼마나 불합리하고 거슬리겠는가.

나는 동서나 내 며느리들에게 일을 시키고 싶지 않다. 그래서 매번 제사상을 다 차려놓은 후에 오라고 당부하곤 한다. 가부장제의 희생자는 40년이 넘도록 갈등하며 묵묵히 삭혀온 나 하나로 족하다는 생각이 들었기 때문이다.

제사상 차리기 말고도 제사 마친 후 음복하고 나면 설거지 그릇이 산더미이니 식기 세척기를 돌린다 해도 어질러진 상을 치우고 거두는 일은 누구에게나 성가시고 불편한 일이다.

나의 이번 생의 이력은 이미 단단하게 굳어버린 가부장제의 삶이었으니 우리 후손들의 티끌 없는 안녕과 평화를 위한 바람막이가 되어 아무도 덧나지 않게 잘 마무리하고 싶은 마음 간절하다.

나는 아들들이 우리 부부 사후에 제사를 지내는 것을 원치 않는다. 그날을 기억하고 형제가 마주 앉아 커피라도 한 잔 나누며 핏줄의 정이라도 서로 나눌 수 있기를 바라지만, 그 또한 얼마나 부질없는 걱정이고 미련인지 너무나 잘 알기 때문이다.

시로 쓴 유언

나 죽거든 선산에 무덤일랑 짓지 마라

봉분 위 잡초로 어지러이 솟아나

적막한 미련 두고 싶지 않으니

계곡 물소리 재잘대는 산비탈 어디

어리지도 늙지도 않은 산벚나무 아래

한 줌 가루로 나를 놓아다오

더러는 민들레 꽃씨처럼 멀리 날아가도 좋으리

산 넘고 물 건너 풀 섶 이슬이나 잎 핀 나뭇가지에 앉아

작은 새들의 먹이 되어도 좋으리

더러는 산 벚나무 아래 자분자분 빗소리로

스미었다가 환하게 꽃 피어도 좋으리

지는 꽃잎이 되어

저녁 으스름 환히 적셔도 좋으리

세속의 삶을 벅차게 눈부시고

찬란하게 했던 아들들아

일상을 시시하게 여겨 소중한 것들을 놓치지 마라

그날그날에 충실하고

하루하루 싱싱하고 뿌듯하게 기록하라

울지 말고, 고개도 떨구지 말고,

숨차게 욕심껏 앞으로만 내닫지 말고

주변을 살펴 천천히 걸어가라

햇살 눈부시게 너희 행복한 날도

비바람 눈보라에 너희가 아프고 고통스러운 날도

바람 소리 새소리 꽃 지는 소리 빗소리 개울물 소리로

너희와 함께 기뻐하고 슬퍼하리니

사랑하는 아들들아

언제나 아침 해처럼 불끈 환하게 솟아올라

따뜻하고 향기로운 사람이 되어라

　　　- 장진숙 시, '나의 유서' 전문

　작년 가을인가, 남도의 오지를 여행 중이었다.

　오래도록 돌보는 이가 없었는지 무너져 내린 황량한 무덤
들 위로 키 자란 잡초들이 더부룩했다. 무슨 연유인지는 모르
겠지만 그토록 험악하게 방치될 바에는 차라리 화장하는 것이
좋지 않았을까 하는 생각을 했다.

5년 전에 돌아가신 시아버님은 유복자셨는데 자수성가로 당신 손수 마련하신 선산에 유난히도 애착이 많으신 분이셨다.

꽃샘바람 부는 봄날에도, 한낮의 불볕이 생살을 태우려 덤비는 여름날에도, 무서리가 하얗게 내린 가을날에도 낡은 짐자전거를 끌고 오십 리 밖 선산을 출근하듯 묵묵히 오가시곤 하셨다.

어느 초여름 오후였다. 뙤약볕에 앉아 잡초를 뽑으시다가 허리를 펴고 봉긋하게 솟은 초록의 묘지들을 돌아보시던 아버님, 그 흐뭇한 표정과 그을린 옆모습이 지금도 생생하다.

아버님의 지극정성으로 잡초 하나 없이 말끔하고 정갈한 그곳은 초록 융단을 펼쳐놓은 듯 언제나 눈이 부셨다.

평생 변함없이 그토록 지극하시던 당신의 선산 사랑 제사 숭배가 미숙하고 속 좁은 며느리인 내게는 하기 싫은 숙제처럼 늘 무겁고 거추장스러웠다. 수시로 본가에 불려 내려가 복잡한 격식을 갖춰 묘들을 이장하고 석물을 세우는 일에 시간과 노동과 물질을 쏟아 부어야 했다.

집채만 한 다듬잇돌이 어깨를 짓누르는 것 같은 제도와 관습과 형식의 울타리에서 도망치고 싶었던 날들이었다.

5년 전 아버님이 떠나신 후, 나는 비로소 자유로울 수 있을 것만 같았다. 그러나 당신이 그토록 소중하게 여기시던 것들을 차마 외면하고 벗어던질 수 없다는 현실에 절망했다. 고집 센 세뇌의 그림자가 칡뿌리처럼 깊숙이 뻗어와 달아나려는 내 발목을 휘감았다. 선산도 제삿날도 생각처럼 그렇게 훌훌 벗어던지고 떠날 수 있는 가벼운 숙제가 아니었다.

논둑길 밭둑길 지나 잡풀이 길을 막아서는 오솔길 비탈길을 숨 가쁘게 오를 때마다 나는 아이들에게 사후의 효도를 강요하지 말아야지, 마음속 다짐으로 나를 위로하곤 했다.

혈연의 깊숙한 우물에 갇혀 언감생심 달아날 용기조차 없던 나는, 평생 흐렸다 개였다 하는 하늘을 본다. 그동안 내가 무겁게 짊어지고 온 고통과 갈등의 시간을 아이들에게만은 결코 넘겨주고 싶지 않았다.

칠순을 넘긴 산지기 아저씨가 예전처럼 벌초를 맡아주고 있는데도 아버님의 정성스러운 손길이 닿지 않아서인지 선산은 시간이 갈수록 점점 그 빛을 잃어가는 것 같다. 오백 리 밖에서 우리가 번다한 일들에 묻혀 사느라 잊고 지내는 동안 묘지의 잡초들이 점령군처럼 어수선하게 뿌리를 내리기 시작했다.

어쩌다 우리 부부가 내려가서 한 살림 잘 차린 그것들을 뽑아 멀리 내쳐보지만, 얼마 지나지 않아 극성스레 다시 자리를 차지하는 질깃한 잡초와의 힘겨루기로 우리는 매번 파김치가 되어 돌아오기 일쑤였다.

아버님의 지극하신 효도와 섬김의 반석 위에 모두가 별 탈 없이 살아가고 있음에 늘 감사한다. 하지만 나 죽거들랑 선산에 무덤은 짓지 않았으면 한다. 내 제삿날엔 원두커피 한 잔, 과일 한 접시로 족하다고 간곡히 일러두고 싶다.

세상은 자꾸만 빠르게 변해 가는데 당신 손자들이 선산에 엎드려 풀이나 뽑으며 살아가기를 아버님께서도 원치는 않으실 것이다. 아이들은 나처럼 캄캄한 우물 속에 갇혀 살지 않기를 바란다. 자유롭게 훨훨 날아서 즐겁고 행복한 꿈을 꾸었으면 한다. 아침 해처럼 불끈 환하게 솟아오르기를 간절히 바랄 뿐이다.

부질없는 후회

—————— 문득 강 건너 온천탕에 가고 싶어졌다. 우리 동네 오래된 목욕탕에서 요즘 이상한 냄새도 나고 위생 상태가 그리 썩 좋아 보이지 않았기 때문이다.

걷기 운동도 할 겸 오늘은 걸어서 잠실대교를 건너가 보기로 했다. 차들이 쌩쌩 무섭게 질주하는 다리를 건너갔다. 세 번의 위험한 건널목을 건너 모처럼 찾아갔더니 예전의 그 온천이 있던 건물은 흔적이 없고 새로운 건물이 공사 중이었다.

나갈 일이 있더라도 승용차보다 지하철을 타고 다니기 때문에 옛 건물들이 사라지고 새 건물들이 들어서는 것조차 알지 못했다.

쓸쓸하게 되돌아서 잠실대교를 건너오는데 까무잡잡한 계란형 얼굴에 이목구비가 선명하던 큰고모 생각이 났다.

큰고모는 자양동 주택가 반지하 셋집에서 아들 가족과 함께 살고 계셨다. 구순이 지나도 허리가 꼿꼿하시고 건강하셔서 가끔 잠실대교를 건너 우리 집까지 걸어서 찾아오시곤 했다.

전화번호와 주소를 적어 드려도 매번 잃어버리시고는, 연락도 없이 찾아와 온 아파트를 헤매고 다니시며 아무나 붙들고 내 이름을 대시며 찾아 달라고 매달리시곤 하셨다.

어느 해인가 몹시 추운 2월이었다. 30대 후반의 젊은 남자가 관리실에서 주민 명단을 뒤진 후 고모를 앞세우고 우리 집에 찾아와 벌겋게 화를 낸 적도 있다.

그럴 때면 나는 졸지에 구순 노인에게 일부러 집도 알려주지 않은 못된 딸이 되기도 했다. 그 남자는 고모가 일부러 자기 딸이 욕먹을까 봐 조카라고 거짓말을 한 거라고 지레짐작한 것 같았다.

매연과 미세먼지로 목이 칼칼해지는 이 험한 길을 큰고모는 매번 이렇게 걸어서 오셨겠구나 생각하니 마음이 찡했다.

나는 사실 큰고모를 그리 좋아하지 않았다. 고모는 유복한 집 맏딸로 태어나 어려움 없이 자랐다. 쇠락한 양반집 며느리로 시집간 후, 갓 낳은 딸을 안고 친정에 다니러 왔다가 당신 시댁으로 끝내 돌아가지 않았다고 한다.

더 이상 가난한 집에서 배를 곯고 살 수 없다는 고모의 완강한 버티기에 매를 지푸라기로 드는 마음 약한 할머니 할아버지도 어쩔 도리가 없었나 보다.

아버지보다 다섯 살 연상인 큰고모가 친정에 얹혀살고 있었으니, 열여덟 살 어린 신부였던 어머니는 호되고 힘든 시누이 시집살이를 피할 수 없었다고 한다.

큰고모 딸이 옮긴 전염병으로 유난히 잘 생기고 영민해서 '제일'이라는 이름을 지어 주었다는 내 오라비 하나를 잃었다는 이야기도 들었다.

어린 자식을 묻은 성황산을 미친 여자처럼 맨발로 헤매고 다녔다는 어머니의 슬픈 옛이야기를 어릴 적에 전해 들었던 터여서 큰고모에게 더욱 정이 가지 않았는지도 모른다.

큰고모는 온 집안의 완강한 만류에도 불구하고 장구쟁이 한량 고모부와 재혼했다. 할머니는 할아버지 몰래 오두막도 한 채 사주고 곡식이며 온갖 생필품을 퍼다 나르며 시린 손가락 같은 맏딸을 돌보시곤 하셨다.

그런 할머니가 돌아가신 후로 큰고모는 점점 더 가난해졌다. 그리고 형편이 썩 좋지 않은 아들 부부에게 얹혀 지내시면서 나를 보기만 하면 온갖 하소연과 푸념을 쏟아내시곤 했다.

그 무렵 나는 맏며느리 노릇하랴 아이들 건사하랴 공부하랴 정신없이 바빴으므로 건성건성 응대해 드렸던 것 같다. 고모가 오시면 좋아하시는 생선구이와 고기반찬으로 따뜻한 한 끼

식사나 챙겨드리고 몇만 원의 용돈을 지갑에 넣어드리는 것으로 마무리 짓곤 했으니 말이다.

떠나실 때마다 배웅하며 택시에 태워드리려고 해도 손사래를 치시며 도망치듯 길을 건너던 고모의 쪽진 초라한 뒷모습이 떠오른다.

이제는 우리 아이들도 자라 모두 떠나고 조금은 여유가 생겼는데, 고모님의 푸념도 넋두리도 느긋하게 웃으며 들어줄 수 있는데 고모는 이미 세상에 안 계신다.

좀 더 잘해 드릴 걸, 고운 옷이라도 한 벌 사 드릴 걸, 언제나 너무 늦게야 깨닫게 되는 후회는 참으로 덧없다. 잠실대교 아래 흐르는 저 무심한 강물처럼 부질없다. 저세상에서는 큰 고모가 부디 가난하지 않게 외롭지 않게 행복하게 지내셨으면 좋겠다.

안사돈

———— 　삼가 안사돈께서 하늘나라에서 부디 평안하시기를 기원한다. 그리고 황망하고 슬픈 일을 맞은 며느리가 씩씩하고 건강하게 이 슬픔의 터널을 건널 수 있기를 기도한다.

　지난 7월 초, 사돈이 입원하시게 되어 작은 며느리가 갑자기 입국하게 되었다는 전화를 받고 저녁 무렵 사돈에게 문병을 다녀왔다.

　병원에서 뵈었을 때 사돈께선 정신이 맑으셨다. '사돈 앉을 자리가 없어 어쩌시냐'며 걱정스러워하시는 목소리도 정정하셨다. 뭐든 잘 드신다 하고 혈색도 좋아 보이셨는데 걷지 못한다고 하셨다. 사돈의 손과 발을 만져보니 손발은 차고 종아리에서 발목까지 많이 부은 듯했다.

　며느리 얘기로는 사돈께서 밤이면 섬망으로 소리를 지르시고 어머니를 만나러 온 이모님들에게 그동안 섭섭하고 원망스러웠던 마음을 다 토로하셨다고 한다.

지난해 며느리는 파리로 사돈을 모시고 가서 6개월 동안 함께 지냈다. 휴일이면 사위가 휠체어에 장모님을 태워 온 가족이 파리 구석구석을 여행하고, 행복하게 미소 짓는 사돈과 함께 찍은 사진을 며느리가 내게 카톡으로 보내주기도 했다.

사돈이 인지장애로 딸에게 억울한 소리도 자주 하시고 뜬금없이 한국에 있는 맛집에 어서 가자고 보채며 현관문을 향해 고집을 부리곤 하셨다니 며느리가 얼마나 속상하고 힘들었을지 보지 않아도 알 것 같다.

며느리는 사돈과 허물없는 모녀 사이이니 매번 속이 터져 제 엄마에게 화를 내기도 하고 종종 다투기도 하고 그랬을 것이다. 그러니 아픈 사돈은 사돈대로 딸보다 자상하고 따뜻한 사위가 더 좋다고 하셨을 것 같다.

하지만 딸인 며느리는 얼마나 참담하고 슬프고 힘들었을까? 두 부자父子가 출근하고 등교하고 나면 오롯이 두 모녀만 남아 온종일 병든 엄마를 보살피고 씻기고 먹이고 다독여야 했을 터이니 말이다. 며느리는 때로 너무 지쳐서 주저앉아 엉엉 울고 싶었을 거라는 생각도 든다.

사돈의 체류 기간 만료로 6개월 후 한국으로 모시고 들어와 다시 파리로 모시고 나갈 수 없게 된 며느리는 어쩔 수 없이 사돈을 요양원에 모시게 되었다. 그동안 마음고생 몸 고생으로 힘들었을 며느리도, 요양원에서 지내게 될 사돈도 가슴 아프고 가엾고 안타까워서 눈물이 났다.

엄마를 요양원에 모시고 이모님께 면회를 부탁드리고 공항으로 떠나는 며느리의 심정이 어쨌을지 내가 그 아픔을 속속들이 다는 알 수 없다. 하지만 며느리와 눈이 마주칠 적마다 나는 눈이 시리곤 했다. 그럴 때면 며느리에게 눈물을 보일까봐 고개를 돌려 먼 산을 보곤 했다.

내가 50대부터 겪었던 양가 부모님들의 일들을, 시가도 친가도 형제자매가 많아서 몸을 쓰는 일이건 비용이건 나누어 부담하니 그나마 조금은 마음도 편하고 수월한 편이었다.

그런데 며느리는 몸도 마음도 가장 힘들고 바쁜 시기에 사춘기 아들을 키우며 혼자 오롯이 그 일을 견디며 겪어내야 하는 것이 늘 안타깝고 측은하기만 했다. 늙어가며 병이 찾아오고 정신마저 잃게 된다는 것은 너무나 두렵고 슬픈 일이다.

사돈은 멀고 먼 타국에서 어렵게 정착한 후 평생을 당신 몸조차 돌보지 않고 사업으로 바삐 지내신 분이다. 당신 친정어머님을 98세가 되도록 곁에서 모시고 살다가 고이 보내드린지 채 몇 해가 되지 않았다.

효녀이자 듬직한 장녀로 다섯 동생들과 조카들 그리고 주변

사람들까지 두루 건사하시며 살아오신 품 너른 사돈의 말년이 너무 안타까워 가슴이 시려온다.

우리 부부의 말년은 어떻게 준비해야 할지, 온전한 정신으로 임종을 맞이할 수나 있을지, 온갖 어수선한 생각들이 엉켜 어지러웠다. 우리 부부의 나이도 건강도 사돈처럼 그리 멀지 않다고 느끼며 돌아서는 발걸음이 천근만근 무거웠다.

그리운 선생님

─────── 홍윤숙 선생님께서 떠나신 2015년 10월 12일은
눈부시게 화창한 가을날이었다. 그해 5월 스승의 날 무렵 찾아
뵌 후로 다시 뵙지 못했다.

선생님 댁으로 찾아뵈었던 그날은 의자에 앉아 계시는 모습
조차 너무 힘들어 보였다. 그래서 얼마 지나지 않아 그만 쉬시
라며 일어섰더니 왜 벌써 가느냐고 섭섭해하시며 자꾸만 우리
를 붙잡으셨다. 선생님께서는 그 순간이 우리와의 마지막 시
간인 줄을 이미 아시고 계셨던 것일까.

그날은 한 문학상 시상식이 있던 날이었다. 꼭 참석해야 했
지만, 우리는 계획했던 시상식 참석 일정마저 취소하고 선생
님 곁에서 몇 시간 동안 온갖 수다를 떨며 즐겁게 놀다 왔다.

날이 저물고 우리가 떠나올 때 선생님은 불편하신 몸을 일
으켜 지팡이를 짚고 엘리베이터 앞까지 배웅을 나오셨다. 언제
또 보냐고 하시며 젖은 눈빛으로 우리를 바라보시던 그날 선생

님의 마지막 모습이 자꾸 눈에 밟혀 죄송하고 눈물이 난다.

자주 찾아뵈었어야 했는데. 뒤늦은 후회가 가슴을 친다. 그래도 마지막 시간을 주무시듯 평온하게 떠나셨다고 하니, 얼마나 다행인지 모른다. 입관하실 때 고운 꽃신을 신고 잠드신 선생님의 평안한 모습이 너무 고우시고 아름다웠다.

오래 전 혜화동에서 30대 초반이던 내가 50대 중 후반이던 선생님을 첫 수업 시간에 뵙던 날이었다. 선생님은 베이지색 바바리코트 깃을 세우시고 기품 있고 우아한 학처럼 세련된 모습으로 교실에 걸어 들어오셨다. 구부정하게 아무렇게나 앉아 있던 내가 저절로 허리를 꼿꼿하게 펴고 바른 자세로 고쳐 앉았던 기억이 지금도 생생하다.

선생님은 성품처럼 맑고 카랑하신 목소리로 첫 수업을 매우 열정적으로 진행하셨다. 한 주에 한 번 선생님이 내주시는 주제로 쓴 시 한 편을 가슴에 안고 혜화동으로 선생님을 만나러 가던 화요일이 그 어떤 연애보다 황홀하고 신나고 즐거웠다.

선생님은 내게 오직 한 분이신 올곧고 단아하고 세련된 시의 스승이시고 어머니셨다. 30여 년이 넘도록 한결 같이 선생님은 아무것도 가진 것 없는 초라하고 보잘것없는 나를 사랑해 주시고 칭찬해 주시고 온화한 눈길로 지켜봐 주셨다.

장충동에 사셨을 때도 청담동 댁에서도 압구정 한양아파트에 사셨을 때도 선생님은 가끔 우리를 불러 깔끔하고 맛있는 점심을 차려주시곤 하셨다.

무더운 여름 선생님과 함께 맛보았던 현대백화점의 팥빙수도, 남한산성의 녹음 짙던 여름의 할머니 닭백숙도, 청담동 선생님 댁 근처 일식집에서 선생님께서 즐겨 드시던 대구머리찜도 대구지리도 생각난다.

선생님 댁 베란다 화분의 식물들도 선생님을 닮아 늘 우아하고 아름답게 선생님 등 뒤에서 우리를 반갑게 맞아주었다. 선생님 떠나신 후 세월이 갈수록 선생님과 함께한 그 순간들이 새록새록 그리워진다.

조광호 엘리지오 신부님이 집전한 청담 성당 장례미사 후, 선생님 어머님과 부군이 먼저 가 계시는 양지바른 용인 천주교 공원묘지로 선생님께서 떠나시던 날은 날씨마저 맑고 환해서 더 슬펐다.

그해 가을 선생님이 떠나신 후, 실핏줄이 비칠 듯 투명했던 그날처럼 눈부시게 소슬한 가을날이면 불현듯 선생님 생각이 난다. 선생님이 생전처럼 환하게 가을 햇살 속을 사뿐사뿐 걸어오시는 듯하다.

봄이 되어 벚꽃이 피고 질 때면 '연분홍 치마가 봄바람에 휘날리더라……' 선생님의 청아한 노랫소리가 꽃잎에 실려 흩날리는 듯하다. 흩날리는 벚꽃 이파리마다 선생님의 고운 모습이 환히 떠오르곤 한다.

친정아버님 막재 조사弔詞

_____ 아버님 떠나신 후 무덥던 여름이 가고 벌써 구월도 마지막 날입니다. 올가을 햇살은 왜 그리도 눈이 부시고 투명한지요. 소슬해진 바람결에 문득 아버지 다녀가신 듯 눈물이 납니다.

고인 눈물을 감추려고 푸른 하늘 멀리 시선을 두는 버릇도 생겼습니다. 솟구치며 창공을 날아오르는 새의 날갯짓에도 호젓한 산길에서 호랑나비 한 마리를 만나도 아버지 생각이 간절합니다.

아버지 떠나셨다는 소식을 들은 지인들이 '호상 씨가 호상하셨다'는 위트 섞인 위로 말을 들려줄 때 비로소 알았습니다. 구순이 아닌 백수, 아니 그 이상이어도 불시에 가신 아버님의 부재는 우리에게 호상이 아닌 가슴이 무너지는 안타까움과 슬픔인 것을요. 저 또한 그동안 숱한 지인들을 문상하면서 그렇게 느끼며 말해왔었다는 사실에 가슴이 다 먹먹해지곤 합니다.

아버지!

지난주엔 태인초등학교 100주년 행사가 성대하게 열렸답니다. 기념식장에서, 사물놀이 흥겨운 운동장에서, 흐드러진 노래자랑 무대와 밤하늘을 수놓던 불꽃놀이 그 가슴 벅찬 자리마다 새록새록 아버지 생각이 났어요.

동문이신 아버님께서 그 자리에 계셨더라면 얼마나 즐거워하시고 기뻐하셨을까요. 투명한 햇살 아래 환하게 웃으시던 아버님 모습이 떠오릅니다.

두어 해 전 동창회 모임 참석차 고향에 왔다가 아버지 사진을 찍어드린 적이 있었지요. 뜨락에 사랑초가 환히 피어있던 눈부신 봄날이었어요.

아버지는 그때 당신의 사화집 발간을 간절히 소망하셨지요. 그 환하디 환한 봄볕 아래 늦가을 햇살처럼 쓸쓸한 미소를 보이시던 아버지의 소망을 왠지 꼭 들어드려야 할 것 같은 생각이 들었습니다.

그런데 처음 의견을 냈던 사화집 발간 건은 주위의 반대로 무산되고 말았지요. 그러다가 구순 생신이 한 달 반쯤 남았을 무렵에야 급하게 서둘러 간신히 책이 나올 수 있었습니다.

이제 와 생각하니, 그 사화집이 아니었더라면 딸인 저조차도 다 알 수 없었을 아버님의 생애를 손자 손녀 어린 증손들이 어찌 다 기억할 수 있을까요.

빠트린 부분도 많고 몇 군데 오자도 나와 부끄럽고 성에 차진 않지만, 아들딸 손자 손녀들에게 손수 서명과 낙관을 찍어 발그레 홍조 띤 모습으로 책을 건네시며 행복으로 충만한 아버지의 모습이 지금도 눈에 선합니다.

서울의 병원에 입원해 계실 때에도 아버지는 늘 그 책을 곁에 두고 들여다보곤 하셨습니다.

아버지께서 이승을 떠나 입관하시던 날, 저희 팔 남매는 모두 그 사화집 첫 장에 마지막 인사말을 적고 당신께서 늘 차고 계시던 시계와 함께 넣어드렸지요.

아버지, 지금도 그 낡은 시계를 손목에 차시고 당신의 사화집을 펼쳐 저희의 마지막 인사를 읽고 또 읽고 계시온지요.

오늘은 아버님 떠나신 지 49일.

당신의 피붙이들이 모두 모여 아버님의 극락왕생을 축원하는 자리입니다.

아버지의 자녀로 부끄럽지 않게 살아갈 것을 약속드리고 다짐하오니, 이승의 걱정 근심일랑 모두 내려놓으시고 이제는 그만 훨훨 날아오르셔요, 아버지.

가시는 길 높고 푸르고 깊게 열린 눈부신 세상에서 다시 만날 때까지 부디 평안하세요, 아버지.

2011년 9월 30일

막내딸 진숙 올림

어머니 산소 다녀오던 날

─────── 새벽에 일찍 일어나 수내역으로 가서, 분당 남동생 차를 타고 어머니가 생전에 다니시던 고향마을 원불교 교당으로 갔다.

일기예보에 온종일 흐리고 비가 온다고 해서 성묘를 하지 못하게 되는 것은 아닐까 걱정했는데 고향 마을이 가까워질수록 푸른 하늘이 점점 더 환하게 열리고 있었다. 눈부시게 피어오르는 하얀 뭉게구름이 우리보다 앞장서 고향을 향해 내달리는 것만 같았다.

생전의 부모님이 당신 자식들을 맞으러 말갛게 마당을 쓸어내듯이 험상궂은 비구름들을 몰아내고 우리를 기다려주시는 것만 같아서 코끝이 시큰해지고 애틋해졌다.

오랜만에 친정 식구들을 만나니 반갑고 좋았다.

원불교에서 추모제를 마치고 부모님 산소로 갔다. 묘소 아래 입구 쪽에 서 있는 키 큰 목백일홍이 아직 때가 일러 붉은 꽃은 피지 않았지만, 어서 오라며 팔을 벌려 우리를 맞이하는 듯 했다.

다들 흩어져서 산소 봉분 위의 잡초를 뽑고 여덟 남매가 나란히 서서 부모님 산소에 인사를 드렸다. 조부모님께도 인사드리고 막내 숙부께도 인사를 올렸다.

키가 훌쩍 크신 조부님과 미모의 조모님 모습이 생전처럼 환하게 떠오르고, 부모님과 막내 숙부가 환히 웃으시는 모습도 뒤따라 떠오르는 듯하다.

세상 떠난 혈육들의 모습을 떠올리면 왜 자꾸 코끝이 시큰해지고 그리움이 밀려드는지, 뭉게구름이 뭉게뭉게 피어오르는 하늘을 본다. 7월의 날씨가 몹시 습하고 따갑다.

벌써 노년에 접어든 여덟 남매 부부가 부디 건강하기를 바라며 빈다. 그리고 장 씨 일가 어여쁜 자손들이 부디 무탈하고 행복하기를 두 손 모아 기원했다.

연꽃이 막 피기 시작한 피향정 옆 식당에 도란도란 둘러앉아 오리고기구이로 늦은 점심을 먹었다. 고향의 맛이라 그런지 시장해서 그런지 알맞게 익은 열무김치도 밑반찬들도 하나같이 맛있었다.

서늘한 피향정 정자에 앉아 커피를 마시며 한참동안 연꽃과 구름과 어울려 놀다가 서둘러 상경했다.

4부

결혼에 대한 단상

———— 요즘 쉽게 만나 너무 쉽게 헤어지는 사람들을 보면, 전자레인지에 간편하게 데워 먹는 밀키트 식품이나 정성이 깃들지 않은 외식으로 그날그날 끼니를 겨우 때우듯이 살아가기 때문이 아닐까 하는 생각이 든다.

쌈박하고 강렬한 맛에 끌리고 간편함과 편리함에 길들여져 사람과 사람 사이의 관계마저 한 번 쓰고 나면 싫증이 나서 미련 없이 버리게 되는 일회용품의 시대를 우리가 살고 있기 때문이다.

온 가족이 오순도순 마주 앉아 먹는 밥상이 점차 사라지고 있는 것은, 여성들의 자아실현과 맞벌이 탓이라고 한다.

하지만 책가방을 짊어진 어린아이들이 학원 시간에 쫓겨 김밥이며 라면 떡볶이 같은 것들로 저녁을 때우는 것을 동네 상가에서 마주칠 적마다 마음이 빈 수수밭처럼 스산해지고 안타깝다.

집에서 따뜻한 밥상을 기대할 수 없게 된 사람들은 자꾸 밖으로 떠돌게 된다. 김이 나는 따뜻한 밥상에 마주 앉아 밥을 먹는 풍경을 잃어버린 이들은 가족 간의 사랑마저 영양실조로 부실해질 수밖에 없을 것이다. 그래서인지 갈수록 너무 쉽게 가족이 해체되는 것을 주위에서 보고 듣게 된다.

결혼해서 부모가 되려면, 남녀 모두 스스로 몸과 마음을 바로잡고 가족을 위한 희생과 봉사의 마음 준비를 단단히 해야 한다. 결혼은 깨소금 볶는 환상이 아니다. 부부가 함께 견디고 이해하고 해결해야 할 것들이 너무 많다.

나의 고집과 나의 안락을 우선 내려놓고 가족을 위해 양보하고 이해하고 노력하며 살다 보면 평화롭고 무탈한 가족의 미래를 향해 나아갈 수 있을 것이다.

또, 밥상을 차릴 때 가능하면 인공 감미료보다 오래 씹을수록 서서히 단맛이 살아나는 재료 본연의 음식들을 차리는 것을 나와 내 가족의 습관으로 만들어 가는 것이 중요하다. 음식이 온 가족의 몸을 살리고 정신마저 평온하게 안정시킨다는 것을 머지않아 깨닫게 될 것이다.

요리를 싫어하는 사람이 많으면 많을수록 사랑마저 부실해지고 위태로워질 수밖에 없다는 사실에 공감한다면, 요란한 호화 혼수보다 부부가 나란히 요리학원에서 한 6개월 정도 요리의 기초라도 습득하는 게 어떨까.

요리를 즐기면, 결혼생활은 그만큼 재미있고 맛있어진다. 건축가 김진애가 '요리는 순간 예술이며 물과 불과 재료로 하는 황홀한 놀이'라고 한 말이 잊히지 않는다.

젊은 부부가 부엌을 재미난 놀이터로 삼아, 함께 요리하며 즐겁게 살아가기 바란다. 그러면 미래의 삶도 사랑도 부모의 자리도 시간이 갈수록 점점 더 풍요로워질 것이다.

부모가 즐거운 마음으로 만든 음식을 먹고 건강하게 자랄 아이들을 위해, 부부는 함께 노력하고 인내하고 이해하며 씨줄 날줄이 되어야 한다. 젊은이들이 미래에 완성할 멋진 한 폭의 삶을 어떤 빛깔과 어떤 무늬로 엮어나갈지 기대된다.

젊은이들이 일과 사랑과 가정을 기꺼이 끌어안고 당당하게 나아가면 좋겠다. 요즘처럼 너무 쉽게 만나고 쉽게 헤어지는 사람들을 생각하며 오래전에 쓴 시 한 편을 전한다.

숨소리가 들릴 듯키 큰 미루나무 두 그루 정겹게 마주 보고 서 있다. 멀리 다른 곳에서 보면 그저 훤칠한 한 그루로 보이는 그들 곁에 가서 무슨 험난한 시련을 딛고 왔기에 험하게 부르트고 주름살 깊숙이 패었는지 야윈 무릎 곰곰 쓸어본다. 고개 젖혀 바라보는 앙상한 나뭇가지들이 허옇게 세어버린 백발 같다. 행여 서로를 다치게 할까, 조심스레 한 발짝씩 비켜선 아름다운 경계 눈이 부시다. 시난고난 부대끼다

결 삭아 어느덧 서로 닮아버린 노부부처럼 시린 햇살 아래 나란히 서서 야외촬영 나온 젊은 한 쌍을 지켜보고 있다. 아마도 까마득한 옛 생각이 난 게지. 눈시울 붉은 노을이 흥건하다. 덩달아 나도 검은 예복과 크림색 드레스 그 선명하고 눈부신 색깔의 대비를 숨죽여 바라보는 겨울 오후 해로하는 미루나무 주위엔 바람도 발뒤꿈치를 들고 가는지 순하고 고요하다.

- 장진숙 시, '아름다운 경계' 전문

수능시험 치는 날

요즘 신문도 안 읽고 티비 시청도 하지 않고 지내다 보니 까맣게 몰랐다. 10시 목요 미사 중에 신부님 말씀을 듣고서야 오늘이 수학능력시험이 있는 날이라는 걸 알았다.

1996년 아들들이 수능시험 치르던 날이 어제인 듯 주마등처럼 펼쳐진다.

미사를 마치고 비 내리는 호수 길을 걸었다. 비바람이 치자 으슬으슬 추워졌다. 떨어져 비에 젖은 낙엽들이 시리도록 아프게 밟혔다.

오래전 우리 아이들이 시험을 치르던 날은 조금 흐리긴 했어도 그리 춥지는 않았다. 수험생 엄마 칠팔십 명이 매주 한 번 성당에 모여 수험생을 위한 기도 시간을 가졌다.

매주 수요일 오후 2시에 기도가 시작될 때마다 우리 아이들 이름이 첫 번째 두 번째로 불리었다. 기도 모임 첫날 접수할 적에 내가 맨 먼저 성당에 도착해 우리 아이들 이름을 적었기 때문이다.

칠팔십 명 수험생 이름 하나하나를 정성 들여 읊으며 기도했던 그 시간은 목이 아파 많이 힘들었지만, 돌아보니 소중한 우리 아이들을 위해 매우 의미 있는 시간이었다는 생각이 든다.

수능시험 당일 아침 아이들을 시험장에 보낸 후 어미들은 성당에 모였다. 점심도 거른 채 커피와 비스킷 두어 조각으로 허기를 채우며 시험이 끝날 때까지 침묵으로 간구하며 아이들 시험에 함께 했다.

아이들을 위한 어미의 간절한 기도가 이루어져 아이들은 저마다 최선을 다해 열심히 공부했고 드디어 원하는 대학에 입학할 수 있었다.

그 시절 간절한 기도가 내 삶에 미친 영향이 그리도 크고 경건했는데 한동안 나는 냉담했다. 나이가 들어가면서 올곧았던 줏대조차 허공에서 오래도록 펄럭이다 빛바랜 깃발처럼 점점 삭아가는 것 같았다. 뿌리도 없이 이리저리 떠도는 부평초처럼 문득 쓸쓸해지고 서글펐다.

그런데 갑작스럽게 참석한 오늘의 미사가 하필 수능시험일이어서 그런지 고향에 돌아온 탕자라도 된 듯 나를 울컥하게 했다.

개구쟁이들

———————— 성내동에 살 때였다. 우리 집에서 서울대에 다니던 친정 막내가 박사 학위를 받게 되어 졸업식에 갔다. 저녁 무렵에 돌아왔더니 초등학교에 다니는 어린 두 형제가 한바탕 일을 벌여 놓고 나를 기다리고 있었다.

가지고 놀던 구겨진 딱지를 반듯하게 펴겠다고 다리미를 꺼내 안방 방바닥에 딱지를 놓고 다림질을 하다가 방바닥을 새까맣게 태워 먹은 것이다. 아이들은 조금 풀이 죽어 있긴 했지만 불도 내지 않고, 손가락 하나 데이지 않고 무사했다. 큰일 날 뻔했는데 당황하지 않고 난감한 그 상황을 어떻게 잘 마무리해 천만다행이었다.

비닐 장판이 녹아 눌어붙어 다리미는 영 못쓰게 되어버렸고, 방바닥 서너 군데 색깔의 정도가 차이 나는 새까만 다리미 자국만 흉터처럼 남아있었다. 얼마나 놀랐던지 펄떡펄떡 뛰는 가슴을 쓸어내리느라 회초리를 들지도 못한 채 다리가 풀려 털썩 주저앉았던 그 저녁이 생각난다.

  그리고 그 전전 해 가을이었지 싶다. 저녁 무렵 내가 장 보러 나간 사이 마당에서 기르던 복슬강아지 차돌이를 두 형제가 찬물에 목욕을 시켰던 모양이다.

  강아지가 추워서 부르르 떠니까 어린 마음에 물기를 빨리 없애 주어야겠다는 생각으로 목욕탕에 있는 세탁기 탈수 통에 차돌이를 집어넣어 돌렸던 모양이다. 세상에! 작은아이가 먼저 그러자고 제의했고 큰아이도 그러자고 맞장구를 쳤단다.

  정신을 못 차릴 정도로 숨 막히게 돌아가는 반 자동 세탁기 비좁고 캄캄한 탈수 통 안에서 차돌이가 얼마나 비명을 질러 댔을까. 놀란 형제가 정신을 차리고 재빨리 탈수 통 문을 열어젖혔기에 망정이지 안 그랬더라면 큰일 날 뻔했다. 정말 못 말리는 개구쟁이들이었다.

  그런데 그런 일이 있었다는 사실조차 나는 아이들이 고등학교 졸업할 무렵까지 알지 못했다. 어느 눈 내리는 겨울밤, 아이들과 이런저런 이야기를 나누다가 그제서야 알게 된 것이다. 저희 형제 둘이서만 그 비밀을 꼭꼭 숨겨둔 채 엄마에게 야단 맞는 차돌이를 얼마나 마음 졸이며 지켜보았을까.

  생각해 보니, 그 무렵 차돌이가 갑자기 성격이 난폭하게 변해 새벽에 배달된 신문을 갈기갈기 찢어 놓는가 하면 널어놓은 빨래들을 물어뜯고 짓밟고 새로 사서 아끼며 입던 내 블라우스를 아주 걸레를 만들어 놓은 게 기억난다.

전엔 그리 사납지 않고 순하고 귀여운 복슬강아지였는데 어느 순간부터인지 대문 근처에서 발자국 소리만 들려도 앙칼지게 짖어대며 길길이 날뛰곤 했다.

그러지 않던 녀석이 왜 그러는 건지 잘 살펴보며 돌봐줘야 했는데 나는 매번 왜 자꾸 미운 짓만 하느냐며 차돌이를 야단쳤다. 그런데도 차돌이는 두 형제만 보면 꼬리를 치고 맴돌며 함께 잘 놀았다.

그러던 이듬해 어느 봄날, 차돌이가 문간방에 세든 아이 발뒤꿈치를 물어 상처를 크게 냈다. 자꾸 말썽을 피우길래 아이들이 유치원에 가 있는 사이 집 앞 골목을 지나던 낯선 이에게 차돌이를 넘겨주고 말았다. 그날 아이들이 집에 돌아와 차돌이 집이 텅 비어버린 것을 보고 울고불고 난리가 났다. 그 후로 지금까지 나는 강아지를 집에 들여 키우지 않게 되었다.

내 옷을 물어뜯어 놓았을 때는 빗자루로 마구 때려주기도 했었는데, 지금도 차돌이에게 미안하고 가슴 아프다. 탈수 통 속에서 얼마나 공포에 떨었으면 그 순간부터 아이가 포악해지게 된 것인지……. 차돌이가 그토록 스트레스가 심했던 것조차 까맣게 모른 채 나는 살아왔다.

스무 해도 더 전의 우리 집 마당에 살던 두 살배기 차돌이, 낯선 사람에게 마구 짖어대며 버티다가 마지못해 끌려 나가던 복슬강아지에게 용서를 빌며 늦게나마 명복을 빈다.

초등 교사의 죽음을 애도하며

_____ 한 초등학교 교사의 극단적인 선택으로 마음이 어지러운 하루였다.

저마다 곱게 자라 여리디 여린 젊은 여성이 감당하기엔 너무 난해하고 힘든 요즘 아이들이다. 그 아이들의 교사가 되어 살아간다는 것이 얼마나 큰 인내와 고통을 수반하는 일인지 어찌 속속들이 다 알 수 있을까.

학부모도 스스로 마음을 가라앉히고 자제하고 아이를 위해 자신이 어떻게 행동하는 것이 좋은지 깊이 생각해야 한다.

한두 자녀도 통제하고 교육하기 힘들어 방치하는 요즘 추세에 제 자식만 중히 여겨 사소한 일마다 매번 분란을 일으킨다면, 학교도 선생님도 학생도 학부모 자신도 모두 힘들고 아프고 시끄럽고 불편하고 어수선해질 뿐이다.

아주 오래전 일이다. 큰아이가 초등학교에 입학한 그해 초가을이었다. 큰아이가 운동회 율동 연습 시간에 정수리를 복도 창문턱에 부딪혀 크게 다친 적이 있었다.

아이 옷을 챙겨 급히 학교로 오라는 연락을 받고 달려가 보니 운동장엔 고학년 학생들이 운동회 연습 중이라 소란스러웠고, 큰아이 반 아이들은 교실에 들어가 떠들어대고 있었다.

양호실에 들어서니, 윗옷을 다 벗고 맨몸인 아이가 정수리에 벌겋게 핏물이 배인 지혈 붕대를 두르고 앉아있었다. 내가 놀랄까봐 피 묻은 아이의 셔츠를 벗겨 선생님이 빨래를 한 모양이었다.

비좁은 복도에 빼곡히 60여 명의 아이들을 세워놓고 연습하던 중에 다쳤다는 것도 황당했다. 너무 놀라고 화가 치밀었다.

하지만 30대 여자 담임 선생님이 창백한 얼굴로 어쩔 줄 몰라 하는 것을 보니 안쓰럽기도 했다. 운동장이 좁아 연습할 자리가 부족해서 벌어진 일이라는데 어쩌겠는가. 화를 내고 문제 삼는다고 아이가 다친 것이 없는 일이 되는 것도 아닌데….

마음을 가라앉히고 아이를 데리고 병원으로 향했다. 선생님은 죄송하다며 눈물을 글썽였다. 울화를 삼키며 선생님께 괜찮다고 너무 걱정하지 말라고 말할 수밖에 없었다.

한동안 아이 정수리에 붕대가 감겨 있어 아이를 마주할 적마다 속상하고 마음이 아팠다. 다행히 아들의 정수리 상처는 별 탈 없이 잘 아물었다.

그리고 이듬해 2월 이사를 하게 되어 그곳을 떠났다. 지금도 그때 내가 무탈하게 잘 대처했다는 생각엔 변함이 없다. 누군가에게 조금이라도 원한을 가지게 한다면 내 아이에게 좋을 일이 무엇이겠는가.

울분이 치솟는 그 순간을 참아내는 것만이 내 아이들의 미래가 안정과 평온과 행복으로 열리는 길이라는 것을 아이를 기르는 부모들은 잊지 않았으면 좋겠다.

회상

＿＿＿＿＿ 잔소리가 질색인 사춘기 큰아이가 그날 저녁에도 거칠게 문을 닫고 제 방에 들어가더니, 늦도록 그림자도 내비치지 않았다. '지금쯤 컴퓨터 월간지 「마이컴」을 뒤적이고 있겠지. 레시버를 귀에 꽂고 시끄러운 음악을 듣고 있겠지.' 벌겋게 달아오른 얼굴을 쓸어 내리며 냉수 한 잔을 벌컥벌컥 들이켰다.

건드리기만 하면 터질 것 같은 사춘기였다. 말한 마디 건네는 것조차 살얼음을 딛는 것처럼 아슬아슬하던 때였다. 날이 갈수록 무기력해 지는 어미 노릇에 속을 끓이다가 황사 자욱했던 나의 사춘기를 떠올렸다.

너나 없이 가난했던 시절 5남 3녀 중 다섯째인 나는 늘 있어도 그만, 없어도 그만이라는 피해의식을 상처처럼 지니고 있었다.

어머니는 자신이 여성이면서도 오빠나 남동생 위주로 지출의 우선 순위를 정하시곤 했다. 하지만 온종일 뙤약볕 아래 일하시느라 땀에 젖은 어머니 뒷모습을 보면 가엾고 안쓰러웠다.

밀린 수업료조차 보채본 적 없는 나는 말없고 순한 아이였다. 중학교는 신태인 읍내로 갔다. 서울에서 새우젓 도가를 해서 크게 돈을 모은 이가 세운 여학교였다. 동진강을 끼고 도는 나지막한 야산에 새로 지은 학교는 그림처럼 아름다웠다. 서울에서 모셔 온 선생님들도 훌륭했다.

나는 고등학교 2학년인 작은언니와 함께 학교 뒤 기와집에 방을 얻어 자취를 했다. 질 나쁜 연탄불은 왜 그리 자주 꺼지던지 걸핏하면 아침을 굶고 도시락도 없이 학교에 갔다.

배가 너무 고파 견딜 수가 없으면 고향 집에 가서 지내며 버스를 타고 통학을 하기도 했다. 그 때만 해도 자갈이 깔린 신작로를 하루에 서너 번 왕복하던 낡은 고물 버스는 잦은 고장으로 시간을 어기기 일쑤였다.

눈이라도 자욱이 내리는 날이면 일찍 차가 끊기곤 해서 시오리 길을 엎어지고 미끄러지며 걸어 다녔다. 강물은 시름없이 흘러가고, 민들레꽃 제비꽃 지천으로 피어 노란 나비 흰나비가 날던 봄날의 강둑. 어질어질 샛노란 현기증이 일던 그 날을 지금도 기억한다.

미래는 안개처럼 뿌옇게 흔들리고 돌멩이에 발부리가 숱하게 채이던 아픈 나날이었다. 미술반에 들어가 수채화를 그리고 밤새워 책을 읽으며 허기를 달랬던 나날이었다.

그 때 읽었던 많은 책들이 내게 반듯하게 살아갈 수 있는 가치관을 심어주었다. 가장 깊은 고통은 구원이며 은혜라는 사실도 깨닫게 해주었다.

짓밟히고 짓밟혀도 다시 일어서는 질경이처럼 끈기 하나로 험난한 시절을 건너 온 어른들은 요즘 아이들이 인내심이 부족한 게 아니냐며 걱정한다.

향기로운 술도 시간을 두고 오래 익혀야 깊은 맛이 우러나는데, 요즘 아이들은 느긋하게 기다릴 줄 모른다. 땀 한 방울도 흘리지 않고 편하게 많은 것을 얻으려 한다.

내가 읽던 책들을 읽어 보라고 건네면, 글씨가 잘다느니 세로줄로 쓰여 불편하다느니 변화하는 시대에 맞지 않는다며 투정을 부린다. 배꼽잡는 일회용 낙서들이나 무협지, 추리소설에만 넋이 팔린 것 같다.

그래서일까, 세상은 날로 흉포해지고 삭막해져간다. 저마다 잘못은 모두 남 탓으로 돌리고 자신의 권리와 이익만 밝히려 든다. 따듯한 마음으로 이웃을 감쌀 줄 모르고 너나없이 이기적이다.

하지만 나는 믿는다, 오늘 내가 물리도록 되풀이하는 잔소리들이 우리 아이들 마음 한 귀퉁이에 겨자씨로 남아 언젠가는 무성하게 잎을 피우리라는 것을,

그때쯤이면 지금의 저희만 한 자식을 둔 어른이 되어, '아~아, 그랬구나, 그랬었구나.' 회한에 가슴 적시며 덧없이 흘려보낸 시간을 아쉬워하게 될 지도 모르겠다.

생일

─────── 　작은아이 양력 생일과 내 음력 생일이 찰떡같이 겹친 오늘은 돌아가신 친정어머니의 생일이기도 하다.

당신 생일에 나를 낳은 어머니를 떠올리며 어릴 적 기억을 샅샅이 더듬어 봐도 우리 모녀의 생일상이 왠지 떠오르지 않는다. 아무도 당신 생일을 기억해 주지 않는 서글픈 시절을 그저 삭히며 내색하지 않으며 어머니는 고단하고 쓸쓸하게 살아오셨을 것이다.

내게 어릴 적 생일상에 대한 기억이 선명하지 않은 것은 아마 된장국이나 고깃국 대신 어린 내가 그리 좋아하지 않는 미역국에 굴비구이로 다른 날과 별반 다르지 않았던 때문인지도 모른다.

우리 여덟 형제자매가 장성한 후로도 해마다 아버지 생신 때마다 모두 모여 어머니가 준비한 온갖 음식들로 잔치를 벌이곤 했다. 그리고 정작 어머니는 아버지가 돌아가신 이후에서야 비로소 두 차례 당신 생신상을 받으시고 돌아가셨다.

멀리 흩어져 바쁘게 사는 자식들을 위한 어머니의 지나친 배려가 우리 여덟 남매를 그토록 오래 생각 없이 무정하게 하고 불효하게 했다는 생각이 들었다.

아이들에게 코로나19로 시절이 하 수상하니 나가서 먹지 말고 집에서 저녁을 먹자고 했다. 자식들을 떠올리며 아버지 생신상을 준비하던 어머니처럼 나도 온 가족을 맞을 기대와 즐거움으로 이것저것 아이들이 좋아하는 음식을 차렸다. 아홉 식구가 도란도란 둘러앉아 저녁을 먹었다.

식사를 마치고 두 아들 부부가 사 온 블루베리 케익과 아이스크림 케익 앞에서 손자가 아이스크림 케익을 빨리 먹고 싶어서였는지 사촌 형과 동생이 아직 노래할 준비가 덜 된 사이 자진해서 불쑥 낭랑하게 부르는 생일 축가 독창에 웃음보가 터져 나왔던 그 순간에도 어머니 생각이 났다.

아이들이 돌아간 후, 늦은 밤 거울 앞에 서니 지금의 내 나이 적 어머니 모습을 닮은 초로의 지친 여자가 거기 있었다. 어머니처럼 살지 않겠다고 그토록 되뇌었는데, 나도 어느새 내 어머니처럼 자식이 우선순위가 되어 살아가고 있었다.

바라지도 섭섭해 하지도 말고 내가 나를 극진히 돌보고 사
랑하고 축복하자며 내가 나에게 말을 건네는 밤, 가랑잎처럼
바스락대며 시들어 가는 나를 안아주는 덧없는 다짐이었다.

　　아들아, 엄마 아들로 태어나줘서 고맙다. 부디 하고자 하는
것 모두 순하게 이루고 건강과 평화와 행복이 늘 함께하기를
기도한다.

줄무덤 나무 십자가

───── 지금은 새로 단장을 한 터라 다락골 줄 무덤 앞 옛 나무 십자가는 사라지고 없다. 그런데 아주 오래전 그해 여름, 상심한 나를 위로하고 명치 끝 날 선 도끼날을 내려놓게 한 것은 가난하고 초라한 그 나무 십자가였다.

그때 나는 아들아이를 군대에 보내고 나서 세상이 온통 부조리로 가득 차 있다는 부정적인 생각으로 괴로웠다.

그런데 신앙을 지키기 위해 죽음마저 의연하게 받아들인 이름 모를 순교자들의 나지막한 무덤 앞에서 불현듯 고난과 시련이 고통 속에서 꽃을 피워 단단한 씨앗으로 여물게 한다는 것을 깨달았다.

군대가 생긴 이래 끊임없이 되풀이 되어온 문제인데 그즈음 가수 싸이의 병역특례 편법 부실 근무가 새롭게 불거져 논란이 되고 있었다. 그 시절에 군대는 가난한 부모의 가난한 자식들이 가는 곳이라는 자조적인 말들이 흔히 떠돌던 때였다. 당선이 유력하던 한 대통령 후보도 아들의 군 면제 이력 때문에 대선에서 호된 시련을 겪었다.

그 무렵 아들이 입영통지서를 받고 논산으로 떠났다. 4주의 고된 훈련을 마치고 의정부역에 도착했을 때 경기도 어디쯤 배속되는 줄 알았다고 한다.

그런데 달도 없는 칠흑의 밤에 군용트럭에 짐짝처럼 실려 험한 산길을 달려간 후 아이가 도착한 곳은 힘없고 기댈 데 없는 젊은이들만 모인다고 소문난 부대였다고 한다.

식용유 같은 군납 식료품들은 감쪽같이 어디로 사라지는 건지 돈가스조차 찜 솥에 쪄서 곤죽이 된 것을 내주곤 하더란다. 취사병 대부분이 요리와 관련된 일을 경험해 본 적 없는 병사들이었다고 하니, 그곳의 세끼 식단이 어떠했을지 미루어 짐작할 수 있었다.

그즈음 양계장에 돌림병이 돌아 실패한 양계업자 두엇 스스로 생을 거두었다는 흉흉한 소식이 들렸다. 그런데 어디서 보내졌는지 의심스러운 누린내 나는 백숙과 희멀건 닭볶음탕이 물리도록 자주 나와 아들아이는 입맛을 아주 잃었다고 했다. 그때 기억이 충격으로 남은 탓에 아이는 지금도 닭이라면 고개를 내저을 정도다.

어느 날 부대로 면회를 갔더니, 입대 전에는 키 184cm에

78kg으로 건장하던 아이가 피골이 상접한 모습으로 휘청휘청 언덕을 내려오는데 가슴 한쪽이 쿵 하고 무너져 내렸다.

허수아비 같은 아들을 만나고 돌아와 불면증에 시달렸다. 한밤중이면 텅 빈 아이의 방에서 아이 셔츠에 얼굴을 묻고 가족들 몰래 숨죽여 울었다. 구일 기도 중에도 가슴을 쥐어뜯는 비탄의 신음이 핏덩이처럼 뭉클뭉클 새어 나오곤 했다.

인문대 학생회장 후보로 나서기 위해 입영을 미룰까 망설이던 스무 살 아이를 어서 가라며 등 떠밀어 보내고 부대 배치마저 미처 손써주지 못한 어미의 무능이 회한으로 남아 군대 얘기만 나오면 나는 고슴도치처럼 예민하게 반응하곤 했다.

한낮의 땡볕이 불가마에 장작을 지핀 듯 펄펄 끓던 여름이었다. 다락골에 갔더니 더위에 지친 칡넝쿨이 자꾸만 발목을 잡아챘다. 비탈진 오솔길 옆 으름나무 열매가 뒤늦게 익어가고 덤불 속 인동 꽃은 시들시들 지고 있었다.

가파른 비탈을 오르니, 병인박해 때 육시 처형 된 천민과 백정 천주교도들의 시체를 한밤중에 몰래 그들의 친척들이 수습해 매장했다고 전해지는 줄무덤이 보였다.

바람 한 점 없이 뜨겁고 고요한 묘지, 그 앞에 소박하다 못해 초라한 나무 십자가들이 슬퍼보였다. 번호가 새겨진 이름도 없는 순교자 서른일곱 분의 묘지를 천천히 돌았다. 땀이 비오듯 흐르고 눈물도 땀과 함께 흘러내렸다. 이름조차 남기지 못한 가난한 순교에 가슴이 마구 후들거렸다.

아들아이 여윈 얼굴이 스치듯 떠올랐다. 어디선가 원죄 없이 맑은 새소리가 들려왔을 때 비로소 제 자식만 알던 내가 얼마나 이기적이고 편협한 존재였는지 깨달았다. 묵주를 쥔 손과 등줄기에서 식은땀이 솟았다.

질기고 단단한 껍질을 열고 밖으로 나오듯 깨달음은 그렇게 불현듯 와서 내 안에 엉켜있던 증오의 실타래를 천천히 풀어주었다. 서늘한 평화가 실바람처럼 내게로 건너왔다.

너를 보내고 아들아,

아무리 좋은 음식도 모래알이고 내딛는 발길 허공에 떠서 벼랑 앞 흔들리는 등불이었다. 오늘도 늦은 밤 네 방 방문을 열어보다 눈시울 붉어져 주저앉고 말았구나.

다른 어미들 주변머리 좋아 공익근무다 의병 제대다 쉽기도 하더라만 고생해야 큰 재목材木 된다며 이 어미 모질게 웃으며 등 떠밀었지. 마음만 먹었으면 너 하나 양지陽地쪽에 심어줄 수도 있었을 것을.

하지만 아들아, 이 어미 흙탕물에 정신을 팔아넘길 순 없었다. 올곧은 너 더욱 원치 않았기에 물길 따라 순하게 흘러왔을 뿐인데, 너는 지금 악명 높은 ○○부대 ○○에 있고 나는 요즘 자주 네 꿈을 꾼다.

아깃적 널 업고 비바람 치는 캄캄한 비탈을 오르거나, 기저귀 축축하게 젖어 우두커니 서 있는 돌잡이 너를.

그러나 26개월이란 그리 긴 세월이 아니라고 국방부 시계는 고장 나지 않았다고 주문 외우듯 간절히 되뇌곤 한다.

그동안 너는 박달나무처럼 실하고 단단한 사내 되어 돌아올 것을 믿는다.

네가 돌아오면 아들아, 차이코프스키의 기상곡을 들려주마.

너의 미래가 경쾌하고 웅장하게 펼쳐지리라는 것을 잊지 말고 나팔꽃 피듯 활짝 날이 개이면 네 꿈을 마음껏 올바르게 펼칠 그날을 기다리자.

진부하지만 쓴 약이 몸에 좋다 하고 고생 끝에 즐거움이 있다고 하니 부디 묵묵히 참고 견디도록 해라.

혹독한 겨울을 견딘 나무는 저 스스로 결 곱고 단단한 나이테를 만들어 따뜻한 집이 되고 아름다운 장롱이 될 튼튼한 재목材木으로 거듭나느니 너의 몸과 마음 단련시킬 기회로 삼아 항상 웃는 모습으로 온갖 고난 슬기롭게 이겨낼 수 있기를 간절히 빌며 이만 줄인다.

- 졸시, '편지' 전문

아들아이는 그 후 26개월의 파란만장한 병영생활을 마치고 제대했다. 돌아와 열심히 공부해서 졸업도 하기 전에 외무고등고시에 합격하고 자신의 꿈을 이루어 외교관이 되었다.

지금은 스페인에서 영국으로 옮겨가 연수중인데, 언제나 바르고 당당하고 겸손해서 칭찬받는 아들아이의 근황은 주변을 행복하고 훈훈하게 한다.

그 시절에 비하면 최근 군대 시설이나 환경이 놀랍도록 개선되고 복무기간 또한 점점 줄고 있다. 군 복무를 단지 젊음의 발목을 잡는 성가신 애옥살이로 인식하는 현실에 제도의 족쇄가 채워져 날개를 접어야 하는 젊은이들을 보면 안타깝다.

개인적인 생각으로는 군대가 모병제로 바뀌었으면 정말 좋겠는데 형편상 아직은 시기상조라 하니 어쩌겠는가. '피할 수 없으면 즐겨야 하고 어차피 맞을 매라면 기꺼이 먼저 나아가 맞아야 한다'는 누군가의 어록에 밑줄을 긋는다.

세월은 흘러 어느새 잡풀처럼 무성해진 부질없는 욕망이 나를 가둘 때가 있다. 때로는 생각이 수세미처럼 헝클어져 문득 길을 잃기도 한다. 그럴 때면 눈을 감고 그 시절 다락골 줄무덤 앞 옛 나무 십자가 곁으로 나를 데려간다. 마음이 먼저 환하게 그곳에 가닿곤 한다.

그 마음 알 것 같아

─────── 아주 오래전 일이다. 첫아이가 초등학교에 입학하던 날 어느새 아이가 이리 컸을까, 마냥 대견하고 기특하고 좋아서 겨드랑이에 날개가 돋아나듯 그렇게 기쁘고 즐겁고 설렜다. 아이의 1학년 첫 젊은 담임 선생님은 아주 곱고 반듯하고 세련된 30대였다.

그런데 이사를 하게 되어 아파트 단지 안에 있는 학교로 전학을 하게 되었다. 담임은 50대 중반쯤 된 키가 자그마한 선생님이셨다.

전학한 이튿날은 몹시 추웠다. 2월이라 털 실내화를 가지고 등교한 아이에게 담임 선생님은 흰색 실내화를 신어야 한다며 얼굴을 찌푸리고 짜증을 냈었나 보다.

그때는 내가 30대 초반이라 잘 몰랐는데, 선생님이 아마 갱년기에 접어든 시기였던 것 같다. 매우 신경질적이고 노골적으로 밝히시는 분이라는 소문이 학부모들 사이에서 파다했다.

주택에 살다 아파트로 이사를 오니 이웃 엄마들이 누구누구 선생님은 어떻다는 등, 두세 달에 한 번 정도는 봉투를 꼭 해야 한다는 등, 여간 말들이 많은 게 아니어서 은근히 불안하고 마음이 어수선했다.

하지만 친정아버님도 큰 오라버니도 작은 언니도 반듯하고 훌륭한 교사여서 존경을 받는 분이셨고, 남편도 고교 교사이니 아이 선생님께 돈봉투를 가져다드리고 뒤돌아서서 흉을 보는 학부모들이 그리 좋아 보이지는 않았다.

우리 아이 교육에도 옳지 않은 것 같아서 내 방식과 소신대로 행동하기로 마음먹었다. 낙엽 지는 늦가을이었는데 남대문 시장에서 포근하고 가벼운 살구색 털실을 사다가 뜨개질을 시작했다.

서점에서 손뜨개 책을 한 권 사서 열심히 들여다보며 며칠 밤샘을 해 한 땀 한 땀 시를 쓰듯이 우리 아이 담임 선생님을 떠올리며 스웨터를 떴다.

평화시장에서 하얀 진주 단추도 사다가 달고, 고운 포장지를 사다 정성 들여 포장도 했다. 그리고 진심을 담아 쓴 편지와 함께 쇼핑백에 넣어 등교하는 아이 손에 들려 보냈다.

전학한 후로 잔뜩 풀이 죽어 있던 아이가 종이 백을 들고 신이 나서 학교로 쏜살같이 달려가던 뒷모습을 아이가 보이지 않을 때까지 오래도록 지켜보았던 그날이 생각난다.

　이튿날 하교 길에 아이가 숨이 턱에 차도록 헐떡이며 뛰어왔다. 엄마가 선물한 그 스웨터를 선생님이 오늘 입고 오셨단다. 환하게 웃으며 신나 하는 아이를 보며 나도 가슴이 뭉클해지고 행복했다.

　저녁 무렵에 아이 담임 선생님 전화를 받았다. 교무실 선생님들이 모두 부러워 한다며, 곱고 예쁜 스웨터를 선물해주셔서 고맙다고 했다.

　좋은 선생님도 나쁜 선생님도 학부모 하기 나름인 것 같다. 진심으로 대하고 존중하면 좋은 선생님의 모습으로 다가온다는 것을 나는 믿는다.

　사십여 년 전에 쓴 글을 꺼내 보았다. 요즘 같으면 큰일 날 일이겠지만, 40여 년 전 일이었으니까.

　급속도로 세상이 변해버렸다. 시절이 좋아졌다고 하지만, 지금도 나는 정겨웠던 그 시절이 그립다.

어여쁜 사람 꽃을 피워야

_____ 생후 16개월 입양아가 양부모의 학대로 온몸이 멍들고 장기마저 훼손되어 세상을 떠났다는 뉴스를 보면서 안타까움과 분노로 화가 치밀어 오르곤 한다. 인터넷에서 본 환하게 웃는 입양 전 아기 사진이 눈에 밟혀 눈시울이 뜨거워졌다.

예민하고 분노 조절 장애가 있다는 아이의 양모는 아기를 잘 키울 마음조차 없는데 어떻게 입양을 한 걸까. 그들의 귀한 딸이 동생을 원하니 장난감 인형 하나 선물하듯 그렇게 가벼운 마음으로 아기를 데려온 것인가.

그것도 아니라면, 입양아를 키우면 받게 되는 수당이나 아파트 분양 조건 충족 수단으로 아이를 이용하려 한 걸까. 왜 그토록 함부로 험악하게 대했을까. 그 여리고 예쁜 아기를 집이나 차 안에 혼자 내버려 둔 채 어떻게 아무렇지도 않게 저희 식구 셋이서만 외식하고 놀러 다니고 그럴 수가 있었단 말인가.

그동안 얼마나 꼬집고 때리고 내던지고 함부로 대했으면 글

쎄 그 작은 몸이 시퍼렇게 멍이 들고 몸속 췌장마저 끊겨 참혹하게 터져버렸단 말인가.

아기 입양에 관여한 단체도, 세 번이나 아동학대 신고를 받았었다는 경찰도 그 가엾은 아기에게 아무런 도움이 되어주지 못했다. 이토록 비정한 곳이 우리가 살아가고 있는 세상이라니 너무 기가 막히고 속이 상해 견딜 수가 없다.

요즘 들어 부쩍 자신들이 좋아서 낳은 아기도, 재혼으로 함께 살게 된 아이도 아무렇지 않게 내다버리고 내던져 죽이고 굶겨 죽이고 밟아 죽이는 끔찍한 소식들을 자주 접하게 된다.

이런 못된 짓들을 벌이고서도 심신미약을 핑계로 빠져나가려는 속셈이 훤히 들여다보이니, 세상이 기본적인 상식과 배려와 보살핌과 측은지심을 잃어가고 있는 게 아닌가 싶어 두렵고 무섭다. 갈수록 포악해지고 황량해지는 세상이 절망적이라 느껴진다.

누군가가 정성 들여 보살피지 않으면 살아갈 수 없는 여린 존재에 대한 측은지심조차 느끼지 못한다면, 세상은 아기들이 살 수 없는 쓸쓸하고 황량한 사막으로 변하게 될 것이다. 시리고 메마른 대지에 어찌 어여쁜 사람 꽃이 피어날 수 있겠는가.

사랑받지 못해 아픈 상처를 갖게 된 아이들이 가시덤불에 갇히지 않도록, 거친 세상의 좀비가 되어 떠돌지 않도록 따뜻한 사랑으로 감싸 안아야 한다.

오래전에 나도 연년생 두 아이를 키우는 일이 결코 만만치 않았다. 주변에 도와줄 사람이 없으니 어느 하루 마음 편히 쉴 수도 잠을 잘 수도 없었다. 다들 천 기저귀를 쓰던 때라 산더미처럼 쌓이는 기저귀를 하루에도 몇 번씩 손으로 빨고 삶아 널어야 했다.

너무 힘이 들어 수시로 쓰러질 것 같다가도 아기의 뽀얀 살결이 어찌나 보드럽고 사랑스럽고 어여쁜지 다시 힘을 내곤 했던 기억이 난다.

아기가 배밀이하고, 옹알이하고, 붙잡고 일어서고, 뒤뚱뒤뚱 걷고, 눈을 맞추며 까르르 웃고 울던 그 순간들의 기억이 지금까지 무엇보다 소중하고 훈훈하게 남아있으니 우리 아이들에게 나는 이미 충분히 효도를 다 받은 셈이다.

환한 아기의 웃음소리가 행복 바이러스가 되어 지친 나를 살게 하고 웃게 하고 세상 모든 근심마저 씻은 듯 사라지게 했다. 그래서 나는 태어나서 가장 의미 있고 보람된 일은 아기를 키우는 일이라고 생각한다.

그러니 젊은이들아, 아기를 키우는 일에 지레 겁먹고 두려워하지 말라. 미리 걱정하지 말고, 스트레스 받지 말고 왜곡된 이기심을 버리기 바란다.

그대들 모두 누군가의 귀한 아들딸로 사랑받으며 자랐으니, 받은 그 정성 그 사랑을 반의반만이라도 너희 닮은 자식을 낳아 내리사랑으로 갚으며 살기 바란다.

얄미운 얌체같이 내내 사랑을 받아먹기만 하고 갚을 줄 모르는 욕심과 이기심이 곧 무거운 밧줄이 되어 세상 끝까지 너희를 따라다니며 괴롭힐 것이니. 어여쁜 아기를 낳아 보듬어 키우고 잘 가르쳐 지은 빚 부디 갚으며 살기 바란다.

그러다 보면 빚이 아닌 기쁨이, 즐거움이. 행복이. 저절로 너희 곁으로 꽃잎처럼 나비처럼 날아들 것이다.

성찰과 고백, 그리고 용서

─────── 최근 들어 상처받은 여성들과 동병상련하는 사람들의 미투 운동으로 그동안 조용히 숨죽이며 가라앉아 있던 흙탕물들이 팥죽 끓듯 끓어올랐다.

우리가 그동안 존경하고 기대하고 우러러보던 사람들의 실체를 지켜보며 인간에게 믿음과 존경이란 얼마나 덧없고 허무하고 무의미한 일인지 깨닫게 되는 일은 참담하고 슬펐다.

그동안 가부장제와 폭력사회의 얼음 속에 깊숙이 숨어있던 온갖 적나라하고 추악한 실상들이 날이 풀리면서 그 실체를 드러내는 것을 지켜보며 오래전 새벽 물안개가 피어오르는 강물 속으로 걸어 들어가 퉁퉁 부은 모습으로 발견된 그 여자 생각이 났다.

여리고 곱고 순해서 투명한 봄볕 같았던 그녀의 삶이 한순간에 피폐해진 것은 어느 사내의 완력에 끌려가 속수무책으로 당한 이후부터라고 했다.

결혼하고 아이를 낳고도 공포로 뿌리내린 그날의 상처는 그녀의 삶을 할퀴어 일상생활조차 우울과 조울증을 오가며 힘들어했다. 착하고 성실한 남편을 도저히 사랑할 수가 없다며 그녀는 괴로워했다. 수치심과 공포와 자책으로 소심하고 우울하게 움츠리며 살아갈 수밖에 없었던 그녀를 생각하면 지금도 가슴이 먹먹해진다.

핏기 없이 넋이 나간 아내를 지켜보며 괴로웠을 그녀의 남편도, 그녀의 가엾은 아이들도, 딸을, 동생을, 언니를 잃은 그녀의 친정 피붙이들도 모두가 피해자였다. 흔히 말하기를 맞은 사람은 발 뻗고 잔다지만, 폭력을 당한 사람은 괴롭고 치욕스럽고 고통스러워 잠을 이룰 수가 없었을 것이다.

아직도 사람들은 아니, 같은 여성들조차도, 성공한 능력 있는 가해자가 미투로 인해 나락으로 떨어지게 된 것을 안쓰러워하며 피해자인 그녀보다 더 가엾게 여기는 것을 종종 보기도 한다. 물론 오랫동안 아무런 생각도 없이 죄의식도 없이 대대손손 내려온 남성 위주의 성문화 의식이 하루아침에 쉽게 바뀌리라고는 생각하지 않는다.

하지만 이제는 정말 달라져야 한다. 그 누구라도 뜨거운 심장과 생각과 감정을 지닌 소중한 존재인 것을 인식하고 유리잔 다루듯 조심스레 대하고 행동해야 한다.

부끄러움을 모르면 사람이 아니다. 허울뿐인 가면과 이름을 이제 바닥으로 내려놓아야 할 때다. 사실을 왜곡하고 오직 차가운 계산으로 다급한 상황을 피하려 하면 할수록 진실은 언제나 눈을 부릅뜨고 지켜보고 있을 테니 말이다.

그동안 잘못된 것은 통찰과 사색을 통해 깊이 반성하고 진심으로 고백해야 한다. 상처 입고 울부짖는 그녀들에게 더 늦기 전에 스스로 고백하고 용서를 구할 용기가 필요하다. 그것만이 피해자인 그녀와 가해자 자신을 구원하는 길이다.

영혼이 깊이 상처 받은 그녀들이 응달의 그늘진 잡초더미 속에서 한 송이 작은 꽃으로 피어날 때까지 가해자는 죽음으로 용서를 대신하려 하지 말고 고개 숙여 묵묵히 용서를 구하며 기다려야 한다.

그리고 다시는 그런 일이 일어나지 않도록 용기 있게 고백하고 참회하고 용서를 비는 사람은 이제 그만 용서해 주자.

가해자의 뼈아픈 속죄와 피해자의 눈물겨운 용서로 세상의 모든 상처가 환하게 치유될 수 있기를 희망한다.

안목과 인식

———— 한동안 여행을 다녀왔더니 나라가 재벌 공주 갑질 이야기로 연일 시끄럽다. 분노조절장애를 지닌 부모에게서 저절로 체화되었을 그들 일가의 행태를 뉴스를 통해 보고 있으려니 안타까웠다.

자본주의 사회에 아무리 물질이 제일인 세상이라고는 하지만 살아내기 위해 그들 가족이 경영하는 기업에 몸을 담고 노예처럼 살아가야 하는 사람들의 삶이 마치 타임머신을 타고 중세에 와 있는 게 아닌가 싶어 어처구니가 없다.

우리는 왜 갈수록 돈의 노예가 되어 살아가는가. 살아가기 위해서는 어쩔 수가 없다고 하지만, 정말 그럴까?

물질을 위해 물불 안 가리며 달려온 우리의 욕망이 그동안 천박한 재벌을 길러내고 비굴한 노예의 습성으로 스스로를 길들인 것이 아닌지 돌아보게 된다.

스위스를 여행하면서 그들이 우리보다 행복지수가 높은 이유를 알 것 같았다. 우리처럼 매캐한 연기를 피워내는 공장이 없으니 미세먼지로 몸살 앓을 일이 없어 보였다. 중국에서 날아온 먼지 탓이라고 변명만 하지는 말자.

알프스의 만년설이 녹아내려 강과 호수들을 가득 채우며 흐르고 있어 쾌적하고 맑고 수려한 환경 속에서 살아가는 그들이 부러웠다.

오래전 그들의 조상은 가족들을 먹여 살리기 위해 이웃 나라에 용병으로 팔려가야 할 만큼 궁핍했다고 한다. 그런데 중립국 선언 이후 명품 시계와 관광자원으로 또, 세계의 구린 돈을 은행에 숨겨주고 받는 수수료로 경제가 탄탄하고 안전한 복지국가가 되었다.

우리나라도 새마을운동을 시작으로 새벽부터 늦은 밤까지 제 몸조차 돌보지 않고 일에 빠져 살아온 덕분에 이제 좀 살만해지긴 했다. 그런데 갈수록 출산율은 떨어지고, 일자리는 점점 사라지고 서민들의 삶은 갈수록 더 위태로워지고 있다.

이제 개인의 이기심과 욕심과 안락보다 후손들을 염두에 두고 미래를 내다보는 혜안과 안목과 인식을 바르게 키우고 이어 나가야 한다.

자존심과 품격은 돈으로도 살 수가 없다. 물질의 노예가 되어 비굴하고 비참하게 사느니 조금 가난해도 마음이 평화롭고 풍요로운 삶을 추구하는 것이 바람직하다는 것을 인식해야 하지 않을까.

그리고 노블레스 오블리주noblesse oblige를 실현하는 기업이 존경받고 칭찬받으며 살아남을 수 있도록 우리 모두 공정하고 바른 눈으로 감시하고 지켜보고 응원해야 할 것이다.

여자 사이

———— 아무런 이해관계 없이 서로가 서로에게 운명처럼 이끌린 오랜 친구 사이에는 말없이 통하는 것들이 있다. 이심전심 흐르는 양수 같은 전류가 있다.

서로가 서로의 미세한 감정까지 속속들이 읽을 수 있어서 때로는 마음 속 깊이 숨겨두고 싶은 비밀조차 나도 모르게 술술 풀어놓게 된다.

오래된 의자처럼 편안한 그런 사이, 어쩌다 가끔은 사소한 오해로 냉랭해졌다가도 만나기만 하면 금세 종달새처럼 즐거워지는 사랑하는 친구들이 내게도 있다.

여학교 적 같은 반이었던 그녀들과 매달 한 번씩 정기모임을 갖는다. 영화를 보고 연극도 보고 집집이 돌아가며 맛있는 밥상도 차려내고 알뜰하게 살림 사는 법도 서로 교환한다.

자손들에게 물려줄 이 땅을 더럽히면 안 된다며 휴가 여행 중에 쓰레기를 가져오는 것도 잊지 않는다. 여행을 하며 머문 호텔이건 팬션이건 그곳을 떠나기 전에 청소하는 것은 기본이다. 온갖 어수선한 사회적 현상에 비평도 하고 반성도 한다. 불우한 이웃을 위해 나름대로 구석진 곳을 찾아 봉사도 하는 반듯한 친구들이다.

세상이 아무리 험악해지고 사막화 되어간다 해도 좋은 사람들과 함께 한다면 한세상 즐겁게 살아볼 만 하지 않겠는가. 한 친구는 하고많은 새 아파트를 두고, 지은 지 오래된 낡은 아파트에 이십 년 가까이 붙박이로 살고 있는 나를 좇아 우리 동네로 이사를 왔다.

그리고 오늘도 맛있게 끓인 호박죽을 가져다줬다. 별미 음식을 만들기만 하면 때마다 잊지 않고 전화로 불러대곤 하는 친구다. 바쁘다는 핑계로 미적거리면 한 아파트 단지라곤 해도 끝에서 끝이라 수월찮은 거리인데도 언제나 종종걸음으로 손수 날라다준다.

환하게 웃으며 남을 위해 묵묵히 베푸는 삶이 자신을 풍요롭게 해주고 얼마나 주위를 행복하게 만들어주는지 깨닫게 하는 보석 같은 친구다. 이렇게 푸근하고 정이 넘치는 여자 사이를 무심하고 단순하기 짝이 없는 남자들은 잘 알지 못한다.

남자들 얘기가 나왔으니 말인데 여자들은 나이가 들어 갈수록 관계가 더욱 끈끈해지고 풍성해지는데 비해 남자들은 그렇지가 않은 것 같다.

젊은 시절 각별했던 친구 사이도 나이 들어 점점 소원해지고 가까웠던 직장동료도 퇴직하고 나면 썰물처럼 멀어지곤 한다. 남자들은 우정을 쌓기보다 소비하는 것 같은 느낌이 드는 것은 왜일까. 우정보다 이해관계로 녹슬어 부스러지는 것 같다고 하면 너무 지나친 표현일까.

우리 친구들은 이십 년 넘게 매달 2만 원씩 회비를 모아 정기 예금통장도 만들었다. 서로서로 집안의 애 경사를 성심으로 돕고 챙기며 함께 여행도 다닌다. 몇 해 전에는 벼르고 별러 수학여행 가는 기분으로 실속 있게 중국 여행도 다녀왔다. 호주와 뉴질랜드 여행도 전액 회비로 충당할 예정이다.

그리고 불평하지 않고 여행을 보내주는 착한 남편들을 위해 해마다 한번쯤은 풍성한 음식과 즐거운 이벤트에 그들을 초대하기도 하며 재미나게 살아간다.

내 남편만 해도 우리보다 더 오래된 친구 모임이 있었다. 군대 시절에는 어머님이 회비를 대신 내주시기도 했단다. 그런데 어찌 된 영문인지 한 푼도 남아 있지 않고 흐지부지되어 버린 것을 보면 남자들의 생리가 허비하는데 있다는 내 생각을 비난할 수는 없을 것이다.

자식을 낳아 기른 여자들은 웬만한 일쯤은 넉넉한 시선으로

넘길 만큼 푸근하고 유연하다. 혹자는 그런 특성을 일컬어 아줌마 근성이라며 무시하고 폄하하기를 서슴지 않는다. 그런데 건강하고 긍정적인 여자들의 마음 씀씀이가 사라져 버린 이 사회를 상상해 보았는가.

친구 사이도 그렇다. 어떤 친구가 도저히 이해할 수 없는 일을 저질렀다고 해도 친구 된 마음으로 비난하고 몰아붙일지언정 결국은 뜨거운 자매애로 감싸 안을 줄 안다.

그리고 그럴 수 밖에 없었을 그녀의 속사정을 진심으로 이해하기 위해 노력한다. 외부의 돌팔매질로 상처투성이가 된 그녀를 받아들이기 위해 최선을 다한다. 그런 과정을 통해 우리 여자들은 서로 정화되고 위로 받으며 거듭난다.

좋을 때만 친구로 지낸다면 진정한 친구 사이라고 할 수 없다. 서로의 단점을 폭 넓게 이해하고 스스로 조금씩 변화되기를 기다리며 부드럽게 받아들여야 한다. 그 모습 그대로 인정하고 서로가 서로에게 소금 같은 존재가 되어 너와 나, 그리고 우리 모두 살 맛 나는 세상을 만들어가며 더불어 살아가야 한다.

그러므로 나는 사람 꽃이 더 향기롭다는 것을 알게 해준 친구들과 세상 끝 날까지 무너지지 않을 우정의 탑을 쌓아 갈 것이다.

5부

세 자매의 느긋한 여행

• 제주 •

———— 4월 중순에 세 자매가 제주로 떠났다.

예전에 제주를 여행할 때는 자동차를 렌트해 돌아다녔는데 이번에는 카카오택시를 이용하기로 했다. 제주는 관광도시라 택시 잡기가 그리 어려울 것 같지 않았기 때문이다. 제각기 다른 지역에서 출발한 세 자매가 제주 공항에서 만나 점심을 먹고 택시를 탔다. 그리고 작은언니가 예약한 애월의 리조트에 도착해 짐을 풀자마자 밖으로 나왔다.

4월의 봄바람이 푸른 파도와 희희낙락 어울려 노는 애월 바닷가 굽은 도로를 따라 천천히 오래 걸었다. 나지막이 몸을 낮춰 길가에 흔들리며 피어있는 산괴불주머니와 갈퀴나물, 골담초에 눈을 맞추기도 하고, 파도가 밀려왔다 밀려가는 애월 푸른 바다와 더불어 놀았다.

바다가 훤히 내려다보이는 곳을 찾아 치킨과 피자에 맥주를 곁들여 저녁을 먹고 숙소로 돌아왔다. 만날 때마다 우리 세 자매는 온갖 수다로 밤을 지새우곤 했는데, 이른 새벽에 집을 나오느라 고단했던 탓인지 자정도 되기 전에 모두 잠이 들었다.

둘째 날 아침 호텔 조식은 화려하진 않았지만 재료가 싱싱해서인지 맛이 좋았다. 아침 식사를 마친 후, 가파도에 가기 위해 택시를 타고 원진 항으로 갔다.

가파도 청보리 축제가 이틀 전에 끝났는데도 이른 아침부터 매표소 앞에 수많은 사람이 표를 사려고 구불구불 기다랗게 줄 서 있었다. 좁은 매표소 안이 너무 붐벼 숨이 막힐 것 같았다. 하지만 가파도에 꼭 가겠다는 일념으로 2시간여 동안 참고 기다려 간신히 표를 샀다.

11시 20분 배를 타고 10여 분쯤 가니 가파도였다. 청보리와

장다리꽃, 유채꽃이 정겹게 피어있는 나지막한 섬 풍경은 참
순하고 아늑해 보였다. 날씨가 맑아서 바다 건너 산방산이 훤
히 제 모습을 보여 주고 있었다. 복 받은 가파도 여행이었다.

청보리밭 사잇길을 거닐다가 오래전에 읽은 시 한 편이 생
각났다. 시인 이름은 생각나지 않고 내용만 환히 기억이 났다.

어릴 적에 엄마가 빚을 몽땅 지고 야반도주하는 바람에 파
산한 아버지와 힘겹게 살며 청년이 되었는데, 집 나간 어머니
가 가파도에 산다는 소식을 들었다는 시였다.

너무 가난해서 갚아도 갚아도 빚만 남았다는 시리도록 아픈
그 시가 문득 보리밭 속에 핀 수레국화 한 송이처럼 떠올랐다.
나지막이 엎디어 있는 섬, 가파도. 그곳 사람들도 섬을 닮아 욕
심 없이 그렇게 엎드려 살아갈 것 같았다.

점심으로 성게칼국수를 먹었다. 3인분에 45,000원이라고
했다. 칼국수에 성게가 조금 들어간 것뿐인데 너무 비싸다는
생각이 들었지만 이해하기로 했다. 가난하고 척박한 섬이니까.
한 철 장사로 한 해를 살아야 하니까.

처음 맛보는 성게 맛이 비릿해서 좋은지 몰랐는데 먹을수록
맑은 제주의 바다가 저절로 느껴졌다.

한 민박집 편의점이 카페여서 커피와 청보리 아이스크림과
맛있는 보리빵을 먹으며 놀다 오후 2시 50분 배를 타고 돌아
왔다. 원진항에 도착하자마자 운 좋게도 빈 택시를 만나 곧장

숙소로 돌아왔다. 밤에는 야자수와 구상나무를 흔들어 대는 바람 소리가 드세어 겁이 날 정도였다.

이튿날엔 서귀포 안덕면에 있는 본태박물관으로 향했다. 애월은 날씨가 화창한데도 바람이 거세게 불었다. 택시가 한라산 가까이 다가갈수록 점점 더 흐려지더니 안개비가 시야를 가리며 자욱하게 몰려왔다.

카카오택시 운전기사가 본태박물관 앞을 지나쳐 안쪽 깊숙이 숨어있는 한 호텔 앞에 우리를 내려주고 가버리는 바람에 가랑비를 맞으며 되돌아 나왔다.

안도 다다오가 설계한 노출 콘크리트 건물이 세 채로 나누어져 있는 본태박물관은 매표소와 미술관 기념품 가게 건물이 따로 있는 독특한 구조였다.

본래의 형태를 지닌다는 박물관 이름처럼 노출 콘크리트 사이에 빛과 물과 바람으로 제주의 자연을 끌어들인 건축물은 담백하고 아름다웠다.

맨 뒤쪽 C관에서 '삶을 아름답게 생활을 풍요롭게'라는 전시회를 하고 있었다. 조선시대 회화부터 관람을 시작했다. 책거리 병풍들을 둘러보며 옛 선비들의 서재를 상상하기도 했다. 어떤 책거리 병풍은 피카소 못지않다는 생각이 들만큼 전위적이었다.

화려하게 모란이 그려진 민화 병풍들도 참 아름다웠다. 번영과 출세, 규범과 교훈, 부귀와 영화, 평안과 안녕, 건강과 장수의 간절한 기원이 담긴 옛 민화들은 마음을 포근하게 해주었다.

C동 지하에는 '피안으로 가는 길의 동반자 － 꽃상여와 꼭두의 미학'을 전시하고 있었다. 을씨년스러운 날씨 탓인지 큰언니가 전시를 보지 않겠다고 강하게 거부하는 바람에 관람하지 못한 것이 몹시 후회가 된다.

B동 현대작품 전시실에는 백남준을 비롯한 세계적인 작가들의 작품들이 여럿 전시되어 있었다.

데이비드 걸스타인의 '불타는 입술'도 있고 살바도르 달리의 '늘어진 시계'도 있었다. 피카소의 '엄마와 아이'가 있고 쿠사마 야요이의 보자기 그림들도 있었다. 단순하고 미니멀 한 예술의 본태를 볼 수 있는 박물관이라는 이름과 장소에 걸맞은 작품들을 많이 만날 수 있는 곳이었다.

명상의 방에는 쿠사마 야요이의 설치미술이 들어와 있었다. 밖에는 노란 물방울 호박이, 안에는 오색 물방울이 색색으로 변하며 반짝이는 무한 거울 방으로 환상적인 '영혼의 반짝임'이 전시되어 있었다.

박물관 정원에서 바라보는 산방산과 모슬봉과 당산의 풍경이 일품이라는데, 궂은 날씨 때문에 볼 수 없어 아쉬웠다. 기회가 되면 날 좋은 때 꼭 다시 오고 싶었다.

A관 가는 길에는 안도 다다오의 물의 정원, 물의 길이 있었다. 흐리고 스산한 날씨여서 으슬으슬하던 그 길이 맑은 날이었으면 얼마나 좋았을까. 물의 길을 지나 카페 건물 앞 분수대와 청동 조각이 있는 작은 정원도 아기자기했는데 제대로 즐기지 못해 아쉬움이 남았다.

이튿날은 중문에 있는 식당에서 갈치조림 정식을 먹었다. 갈치 회와 고등어 김치찜과 성게 미역국이 함께 나왔는데 맛있었다. 싱싱한 제주의 맛이었다.

점심 후, 근처에 있는 여미지식물원으로 갔다. 처음 보는 식물들과 꽃들이 많았다. 꽃도 나무도 시절 따라 유행을 타는 것 같았다.

여행 마지막 날 제주를 떠나려는데 어제의 그 성난 바람은 어디로 사라졌는지 바다는 언제 그랬냐는 듯 순한 모습으로 우리를 배웅했다.

우리처럼 나이 든 사람들에게 택시로 하는 제주 여행은 꽤 괜찮은 선택이라는 생각이 들었다. 여기저기 많은 곳을 들를 수는 없지만, 제주를 여러 번 방문한 사람들이라면 꼭 가고 싶은 몇 곳을 정해 여행하고 풍광 좋은 카페나 미술관 같은 곳에서 느긋하게 시간을 보내는 것도 좋은 것 같다.

느릿느릿 기어가는 거북이처럼

• 캄보디아 •

캄보디아는 남편과 둘이서만 다녀온 유일한 여행
이었다.

남편과의 해외여행 대부분이 아이들과 함께이거나, 지인들
과 어울려 가거나, 강 씨 집안 식구끼리 명절 여행으로 다함께
왁자지껄 몰려갔던 터라 우리 부부만의 여행은 캄보디아가 유
일했다.

여행 첫날 씨엠립 국제공항에 도착하니 가이드가 여행사 깃발을 들고 서 있었다. 그런데 13명 일행 중에서 젊은 부부 가족 4명이 1시간이 넘도록 기다려도 나오지 않았다.

1인당 1달러씩 팁을 달라는 공항 직원과 시비가 벌어져 늦었다고 한다. 우리 모두 군말 없이 팁을 건네고 무사히 입국 수속을 마쳤는데 젊은 부부는 그 상황이 도저히 이해되지 않았던 모양이다.

5성급 ERA 앙코르 호텔은 지은 지 오래된 것 같았는데, 객실도 넓고 아름다운 수영장을 품은 정원이 아름다운 곳이었다.

편식이 심해 입맛이 까탈스러운 남편이 집에서 가져간 밑반찬을 찾지 않을 정도로 식사도 생각했던 것보다 좋았다. 그래서 집에서 가져간 김치와 볶음고추장 라면들은 나중에 가이드에게 다 주고 왔다.

캄보디아 민속촌으로 가서 그들의 전통음악과 대부호 저택의 화려한 결혼식 공연을 관람한 후 버펄로 물소가 끄는 마차를 타고 민속마을로 들어갔다. 주민들이 망고와 돼지고기 꼬치구이로 간식을 차려냈는데 망고만 몇 조각 집어 먹었다.

대여섯 살 아니, 일고여덟 살 정도 되었을까. 새까맣게 햇볕에 탄 맨발의 아이들이 '언니 예뻐요'를 외치며 매듭 팔찌를 들고 쫓아왔다. 마차 곁을 바짝 따라붙는 아이들이 안쓰러워 매

듭 팔찌를 다섯 개 샀다. 그 아이들 맨발이 오래도록 마음에
남았다.

1950, 60년대 우리나라도 미군 지프를 따라다니며 구걸하
는 아이들이 많았다고 한다. 지도자의 무능으로 여전히 가난
의 굴레에서 벗어나지 못한 이 나라의 아이들이 안쓰러웠다.

저녁 무렵 2시간 전신 마사지를 받을 때도 마음이 편치 않
았다. 팁을 좀 더 얹어 건네는 것으로 내 몸의 피로를 풀어준
마흔두 살 그녀에게 고마움을 전할 뿐이었다.

밤에 인디밴드가 있는 유러피언 거리 생맥주 집에서 망고와
수박을 안주로 맥주를 마시며 캄보디아 노래를 들었다. 캄보
디아 학교에는 음악과 미술 수업이 아예 없다고 한다. 그래서
이곳 아이들의 한류 열풍이 더 거세다고 한다.

남편이 햇볕 가릴 모자를 사느라 한 가게에 들렀을 때였다.
종업원이 남편 손에 들린 빅뱅 사진이 있는 플라스틱 부채에
관심을 보였다. 달라며 자꾸 조르는 바람에 하는 수 없이 빼앗
기고 말았다.

남편은 8달러짜리 모자를 반값에 샀다며 좋아했다. 그런데
가이드가 시큰둥한 표정으로 쳐다보더니 그 모자가 3달러짜리
라고 했다.

무대에서 여자 가수가 우리 노래를 부른다. '나보기가 역겨워 가실 때에는…'을 부르더니 '비 내리는 호남선…'을 부르며 우리 곁으로 다가와 2절을 부르라고 한다. 일행들이 신나게 노래를 불렀다.

꼬치구이 냄새가 진하게 풍기는 씨엠립의 밤이 그렇게 깊어 갔다. 술집 벽을 기어오르던 도마뱀들이 숨죽여 우리를 훔쳐보는 밤이었다.

셋째 날에 고대하고 고대하던 앙코르와트에 갔다.

12세기 자야바르만 7세가 건설했다는 크메르 시대 최고의 도읍지로 향하는 길. 날씨가 너무 습하고 더웠다. 버스에서 내려 오토바이로 만든 툭툭이를 타고 사원으로 향했다.

20달러씩 내고 즉석에서 찍은 사진을 넣어 발급받은 1일 입장권을 목에 걸고 앙코르와트에 들어갔다.

타 프롬 사원을 감싸 안고 뿌리내린 거대한 스펑 나무가 괴이하고도 무서웠다. 타프롬 사원, 바이온 사원, 문둥이 왕 테라스, 코끼리 테라스…… 크메르 시대 조상 한 사람 한 사람을 위해 사원들은 지어졌다고 한다. 그 당시 동원된 민초들의 고난을 우리가 어찌 짐작이나 할 수 있을까.

그런데 강하게 몰아붙인 그 시절 왕의 독재가 아이러니하게도 가난한 후손들에게 관광 수입으로 돈을 벌게 해주니 그나

마 감사하다고 해야 할까. 우리나라 나이 든 사람 중에서 박정희 대통령을 유난히 그리워하는 이들이 있다는 사실마저 조금 이해가 되는 순간이었다.

가파른 중앙 탑을 일행 중에서 넷만 올라갔다. 40도 가까운 더위도 뜨거운 햇볕도 나의 호기심과 열망을 주저앉힐 수 없었기 때문이다. 중앙탑 위에서 본 앙코르와트를 기억 속에 액자처럼 담아두었다.

일행 중에서 나이가 제일 많은 우리 부부에게는 사람들이 붐비지 않는 조용한 그곳이 오아시스 같았다.

넷째 날 톤 레샵 호수 수상마을로 배를 타고 들어갔다.

여자들이 젖먹이 어린 아기를 안고 우리 부부가 탄 배를 향해 노를 저어 왔다. 배가 가까워지자 새까맣게 탄 아이들이 비릿한 냄새가 나는 더러운 물속으로 뛰어들어 헤엄쳐 다가왔다. 1달러를 얻기 위해.

1달러가 간절한 그들을 뿌리칠 수 없었다. 저들은 왜 넓은 땅을 두고 더러운 물속에서 살까. 왜 저 초라한 수상가옥을 떠나지 못하는 걸까. 의문이 들었는데 그곳에서 태어나 그곳에서 자란 사람들은 육지로 나오면 땅 멀미가 난다고 한다.

가이드에 의하면, 그곳 수상가옥 사람들의 행복지수가 우리보다 훨씬 더 높다고 한다. 행복을 물질적 가치만으로 헤아릴 수는 없으므로 저들을 우리의 잣대로 바라보고 규정지으면 안 된다는 생각이 들었다.

저들은 느리지만 조금씩 나아갈 것이다. 선진국들이 토끼처럼 달리다 해찰하고 멈칫거릴 때 거북이처럼 쉬지 않고 묵묵히 느릿느릿 기어서라도 언젠가는 그들이 원하는 목적지에 당도할 것이다. 저들의 크메르 시대처럼 세상은 결국 돌고 도는 거니까.

강 씨 일가 가족여행

· 싱가포르 ·

────── 몇 해 전 추석 연휴에는 러시아 블라디보스톡과 하바롭스키에 다녀왔고, 두어 해 전 어린이날 연휴에는 중국 칭다오에 다녀왔고, 이번이 세 번째 강씨 일가 가족여행이었다.

앞서 두 번의 여행은 강 씨 가족만의 패키지여행이었다. 그런데 이번 싱가포르 여행은 시누이 남편과 조카 부녀父女가 꼼꼼하게 안내 책자를 만들고 열다섯 명 대가족이 묵을 숙소도 미리 찾아 예약해 두었다.

자유여행이라 느긋하게 편히 즐길 수 있을 것 같아서 좋았다. 강 씨 일가 세 번째 해외여행 숙소는 싱가포르 로얄 호텔 건너편에 있는 3층 저택이었다.

창이 공항에 도착한 이른 아침, 공항 로비에 있는 한국 브랜드 빵집에서 빵과 커피, 우유 등으로 간단하게 아침을 때운 후, 리무진 택시를 타고 숙소로 갔다. 너무 이른 시각이라 그런지 대문이 잠겨 있었다.

예약한 곳에 전화해 열쇠를 찾아 짐을 주방 베란다 쪽에 모두 몰아넣은 후 보타닉공원으로 향했다. 햇살은 따가웠고 쾌청한 날씨에 눈이 부셨다. 도심 속 드넓은 공원은 온갖 종류의 나무들과 꽃들로 아름다웠다.

저녁을 먹으러 뉴튼 서커스 호커 센터로 갔다. 칠리 크랩을 시켜 새우 볶음밥, 오징어 튀김과 번을 칠리 크랩 소스에 비벼 먹고 찍어 먹었다. 정말 맛있었다. 모두가 만족한 기분 좋은 저녁이었다.

숙소가 제대로 청소가 되어 있지 않아 조금 실망스러웠다. 하지만 우리가 누구인가, 긍정의 강 씨 부대이니 저마다 부지런히 움직인 덕분에 집안은 이내 생기를 되찾고 편안한 보금자리가 되어주었다.

1층엔 거실과 주방이 있고, 2층엔 방이 셋, 화장실이 2개 있어서 딸들 세 가족이 쓰기로 했다. 3층에는 방이 셋, 화장실 2개라 세 아들네 가족이 제각기 방 하나씩을 차지하고 짐을 풀었다.

매일 아침 식사는 각자 주방에 내려와 저마다 제 방식대로 식사를 해결하기로 했다. 설거지도 각자 하기로 했다. 서로 배려하며 즐겁게 음식을 나누고 치우며 거실과 주방에 둘러앉아 수다를 떠는 시간이 참 좋았다. 첫날 늦은 밤 맥주파티 후에 막내네 조카가 설거지를 하겠다며 팔을 걷고 나서니 기특하고 사랑스러웠다.

열대지방이라 그런지 뜰 안에 나무도 울창하고 새들이 많았다. 밤이고 새벽이고 늘 듣던 한국의 싱그러운 새소리와 달리 묵직하고 생소한 새소리에 놀라 자주 잠이 깨곤 했다.

둘째 날은 모노레일을 타고 아시아 최대 규모의 복합 엔터테인먼트 리조트가 있는 센토사로 갔다.

시니어 팀과 주니어 팀으로 나뉘어 시니어 팀은 쉬엄쉬엄 해변을 산책하다 카페에서 놀기로 하고 주니어 팀 조카들은 루지를 타러 갔다.

해변 카페에서 놀다가 여행 중 내가 촬영했던 인물 사진 중에서 분당에 사는 동서가 베스트모델로 당첨되었다. 동서는 기꺼이 기분 좋게 모두에게 피자와 망고주스를 샀다.

어른들과 헤어져 실컷 즐기다 온 주니어 팀과 함께 점심을 먹으러 비보 시티vivo city 쇼핑몰 안에 있는 한국 음식점으로 갔다. 순두부찌개, 부대찌개, 김치찌개, 된장찌개를 두루 시켜 먹었는데 정갈하고 꽤 맛있었다.

오후에는 가든스 바이 더 베이로 갔다. 세계 각국의 이국적인 식물들로 가득한 초대형 식물원 플라워 돔이었다. 클라우드 포레스트라는 실내 인공폭포와 OCBC 스카이웨이가 너무 웅장해서 놀라웠다.

저녁에는 마리아 베이 센즈 스카이파크 야외 전망대에서 해가 지는 풍경을 즐겼다. 해가 지자 수퍼트리 그로브를 보러 갔다. 거대한 인공 나무 열한 그루가 위용을 자랑하며 서 있었다.

하루 두 번 열린다는 가든 랩소디 레이저 쇼를 관람하기 위해서는 오랜 시간 줄을 서야 했다. 묵묵히 참고 기다릴 만한 가치가 있는 황홀한 공연이었다.

시누이, 동서와 함께 라이언스 다리 아래 돌 벤치에 누워 색색으로 바뀌는 수퍼트리 그로브를 관람했다. 가슴이 벅차오르도록 황홀하고 환상적이었다.

돌아오는 길에 라우파삿 호커 센터에서 새우, 소고기, 양고기 꼬치구이를 안주 삼아 시원한 백주를 마셨다. 맥주 한 잔이 그렇게 달고 시원할 수가 없었다.

셋째 날 아침 피곤한 시니어들은 숙소에서 쉬고 싶다는데, 조카들과 시누이 남편이 리틀 인디아와 아랍 스트리트에 사진 찍으러 간다기에 나도 따라나섰다.

딸 없는 내가 사랑스러운 여자 조카들을 따라 알록달록 아기자기한 골목을 누비고 다니니 눈도 즐겁고 입도 즐거웠다.

차이나타운 야쿤 카야 토스트 원조 가게에서 브런치로 숯불에 구워 카야 잼을 바른 토스트와 반숙 달걀에 연유가 듬뿍 든 커피를 곁들여 마셨다. 가는 곳마다 맛본 커피가 어찌나 맛이 좋은지 싱가포르 커피에 반하고 말았다.

해 질 무렵에는 버거킹에서 햄버거와 커피, 콜라로 시장기를 달랜 후, 리버 크루즈를 타고 마리나 베이의 석양과 야경을 만끽했다. 쌍둥이 조카들과 멀라이언 상의 물줄기를 받아먹는 사진을 찍기도 했다.

그리고 배를 타고 바다로 나가 마리나 베이 샌즈 호텔 조명이 다양한 색깔로 바뀌는 것을 보며 신비로운 싱가포르의 야경을 즐겼다.

넷째 날은 다음날 출근해야 하는 일곱 명이 오후에 귀국을 해야 해서 오전 일찍 서둘러 나가 24시간 문을 연다는 무스타파로 갔다.

이른 시간인데도 사람들이 바글바글 했다. '없는 것 말고 다 있다'는 서울의 도깨비시장 같은 곳이었다. 그곳에서 부엉이 커피와 카야 잼과 멀라인 쿠키를 샀다.

장을 본 후 점심을 먹으러 갔다. 조카가 애써 찾아 둔 맛집은 춘절이라 문이 닫혀 있어서 인근 백화점으로 갔다. 딤섬 체인점인 부기스 정선에서 여러 종류의 딤섬과 새우볶음밥 자장면 등으로 점심을 먹었다. 배가 고픈 탓이었는지 맛이 좋았다. 후식으로 파리바케트에 가서 빵과 커피도 마셨다.

숙소로 돌아와 하루 앞서 귀국해야 하는 출근팀 일곱 명은 리무진을 불러 공항으로 떠났다.

남아있는 우리는 얼마 남지 않은 시간이 너무 아쉬워서 밖으로 나가자 보채는데 남편과 누님은 숙소에 남아 쉬고 있겠단다. 그래서 우리 여성 동지 여섯은 노인 남매를 남겨두고 지하철을 탔다.

화려한 그래비티가 홍대 거리를 연상케 하는 하지레인으로 갔다. 젊음의 거리에서 이곳저곳 아이쇼핑도 하며 구석구석을 쏘다니다가 시장해져 송파바쿠테로 갔다. 한참을 줄 서서 기다려 조카가 좋아한다는 바쿠테를 시켰다. 비위가 약한 시니어 넷은 역한 고기 냄새에 먹는 둥 마는 둥 했다.

싱가포르에서의 마지막 날에도 남편은 숙소에 남아있겠단다. 누님과 일곱의 명의 여성 동지들은 버스를 갈아타고 조카들이 예약해 둔 고즈넉한 숲속의 PS카페로 브런치를 먹으러 갔다. 조카들이 각각 알아서 주문한 메뉴들이 하나같이 다 맛있었다. 모두 흡족해하는 행복한 브런치였다.

그동안 여러 나라를 여행하면서 거대한 나라일수록 관리가 잘 되어 있지 않다고 느꼈다. 그런데 싱가포르는 가는 곳마다 깨끗하고 정갈하게 관리가 잘 되어 있었다. 작은 나라 싱가포르의 알차고 아름다운 반전 매력에 푹 빠졌던 여행이었다.

신비로운 자연의 풍광

• 튀르키예 •

━━━━━ 튀르키예는 자연이 아름답고 긴 역사 속에 신화를 간직한 나라였다. 사람들은 수줍고 욕심 없고 착해 보였다. 넓은 땅에 살면서도 답답한 느낌이 들 정도로 집들은 작고 소박했다. 대체로 욕심 없이 살아가는 사람들 같았다.

아직 여자들의 사회활동이 원활하지 않은지 시장이며 카페며 식당, 호텔에서도 여자 종업원은 거의 보이지 않았다. 종교의 자유가 있다고는 하지만 대다수가 이슬람교 신자인 것 같았다. 하루 다섯 번씩 기도하는데 기도 시간마다 흘러나오는 기도 소리가 구슬픈 노래처럼 들렸다.

이른 새벽, 열기구를 타고 날아오르던 카파도키아 바위 계곡의 새벽은 형언할 수 없을 만큼 황홀했다. 수수만 년을 바람과 비와 햇볕에 풍화된 바위들과 화산 분화로 형성된 기기묘묘한 석회암 바위들이 시선을 사로잡았다. 그 계곡에서 열기구를 타고 맞은 일출은 장관이었다.

뚱뚱하고 사람 좋아 보이는 운전기사가 거칠게 몰던 괴레메 계곡의 지프 투어도, 파샤바 계곡의 일몰 풍경도 좋았다.

구름 한 점 없는 하늘 아래 자연이 그려낸 코발트블루와 새하얀 파묵칼레의 계단식 석회 야외 온천도 눈이 부셨다. 튀르키예의 자연이 빚어낸 신비로운 풍경이었다. 따뜻하게 흘러내리는 석회암 온천에 발을 담그니 여행의 피로가 봄눈 녹듯 사라지는 것 같았다.

　사도 바오로의 흔적을 느낄 수 있는 에페소에는 웅장한 원형경기장이 폐허로 남아있었다. 한참동안 무너져 내린 옛 도시 주변을 거닐었다.

　고양이들이 폐허의 돌기둥을 하나씩 차지하고 앉아 에페소의 니케처럼 요염하게 우리를 쳐다보았다. 이곳의 개와 고양이들은 다들 집밖에 나와 있는 것 같았다.

　사람을 두려워하지 않는 걸 보니, 튀르키예 사람들이 그들을 괴롭히지 않고 두루 사랑한다는 것을 알 수 있었다. 길거리마다 가게 앞에는 고양이와 개들이 오가며 먹을 수 있도록 먹이 그릇이 놓여있었다.

　시데의 유적지에서는 검은 개 한 마리가 멀리서 우리를 보고 다가와 배를 내놓고 길목에 벌러덩 누워 애교를 부렸다. 튀르키예에서는 어디를 가든 개들이 관광객들을 에스코트하듯 졸졸 따라다녔다. 그 모습이 듬직하고 귀여웠다.

　동물도 기르는 사람의 품성을 닮는다던데 이곳 동물들이 유순하고 낯을 가리지 않는 걸 보면, 사람들 품성도 그럴 것 같은 생각이 들었다.

　아시아와 유럽을 동시에 품고 있는 튀르키예 이스탄불 구시가지에 있는 톱카프 궁전은 비잔틴과 오스만의 오랜 역사 속에 화려함의 극치를 보여주는 곳이었다.

까멜 1세는 튀르키예에서 존경받는 국부라고 한다. 궁전의 시계는 그의 임종 시간 9시 5분에 멈춰 있었다. 그가 떠난 아름다운 궁전은 박물관이 되어 옛 영화로움을 관광객들에게 보여주고 있다.

소피아 성당에서 예수님과 성모님, 사도 바오로가 나란히 서 있는 반쯤 지워진 낡은 벽화를 만났다. 그 벽화 앞에 한참 동안 서 있었다. 그날의 고요한 감동이 지금도 오롯이 내 안에 남아있는 듯 하다.

유럽 튀르키예와 아시아 튀르키예 사이 보스포러스 해협 크루즈 선상에서 내가 던진 비스킷을 받아먹으려고 날아들던 수많은 갈매기들의 군무도 아련하다.

여행 내내 유쾌하고 쫀득쫀득한 전라도 사투리로 우리 자매에게 즐거움과 폭소를 선물했던 덕심씨 목소리도 문득 그립다. 덕심 씨는 튀르키예여행이 두 번째라고 했다.

심혈을 기울여 찍은 튀르키예의 사진들을 컴퓨터에 옮기려다 실수로 모두 날려 버렸다. 오호 애제라, 그 애통함이라니! 작은 언니가 보내준 몇 장의 사진으로 아쉬움을 달래본다. 나도 언젠가 튀르키예에 꼭 다시 가봐야겠다는 생각이 든다.

머물러 살고 싶은 곳

• 스위스 •

——— 1.

조카가 예약해 준 인천 하이야트 호텔에서 언니들과 만나 함께 자고, 이튿날 조식을 마친 후 공항으로 갔다. 스위스 여행이 시작되었다.

12시간 후 독일 프랑크푸르트 앞마인 국제공항에 도착했다. 이탈리아 사람 안토니오가 운전하는 버스를 타고 3시간쯤 가니 슈트르가르트로 루이스 파크 호텔이었다.

다음 날 새벽 맑고 청명한 새소리에 깨어 산책하러 동네 한 바퀴를 돌았다. 바덴바덴 온천 주변 마을이 어찌나 아기자기하게 예쁜지 아침 식사 후 곧바로 떠나야 하는 것이 아쉬울 정도였다.

버스를 타고 사프하우젠의 라인 폭포를 보러 갔다. 캐나다 나이아가라 폭포에 비할 바는 아니지만, 알프스 만년설이 녹아 흘러내린 폭포 물은 맑고 깨끗해 질 좋은 미스트를 뿌린 듯 기분이 상쾌했다.

——— 2.

산악열차를 타고 눈 쌓인 리기 산으로 갔다.

산 아래는 봄꽃들이 한창인데 산을 오를수록 점점 더 거세지는 바람에 나지막이 엎드린 노랗고 하얀 키 작은 바람꽃들이 지천으로 피어 흔들리고 있었다.

산등성이마다 켜켜이 쌓인 눈길이 미끄러웠는데 4월에 보는 눈 덮인 산은 장관이었다.

리기 산에서 내려와 루체른 시내에서 점심을 먹었다. 오후에는 유럽에서 가장 오래되고 길다는 가펠교를 걸었다. 섬세한 장인의 손길이 느껴지는 오래된 나무다리였다.

루체른 시내가 한눈에 내려다보이는 라우뗀 성 전망대에 올라 빈사의 사자상도 보았다. 다른 나라에 용병으로 팔려가 힘들게 살아온 옛 스위스 역사의 상징이었다.

바람 부는 언덕을 내려와 성당 앞 야외 카페에 앉았을 때 멀리 달려가는 종소리가 들렸다. 작은언니는 맥주를, 큰언니와 나는 커피를 마시며 세 자매만의 자유 시간을 즐겼다.

종소리가 씻어주는 청량한 바람과 햇살을 온몸으로 받으며 광장을 오가는 사람들을 바라보았다. 눈부신 이국의 풍경 속에 스며든 그 순간이 참 좋았다.

그날 오후 버스를 타고 태쉬로 갔다. 깎아지른 절벽을 굽이 굽이 돌 때마다 우리는 안토니오의 운전 실력에 감탄했다.

잠시 한눈을 팔면 저 절벽 아래로 추락할지 모른다는 불안 감이 잠시 엄습했으나 창밖 풍경이 너무 눈부셔서 두려움마저 금세 잊었다. 풍경 속에 우리도 풍경이 되는 듯 했다.

전기차 외에는 마을로 들어갈 수 없는 청정지역이니 기름을 연료로 쓰는 자동차는 들어갈 수 없다고 한다. 버스에서 내려 다시 산악열차로 갈아타고 체르마트에 도착했다.

알바나 리얼 호텔은 아기자기하고 정겨운데다 침구가 깨끗 하고 쾌적해 기분이 좋았다. 개운하게 씻고 나와 커튼을 젖히 고 창문을 여니, 어릴 적 성탄카드 그림 속 풍경처럼 주먹만 한 함박눈이 환하게 쏟아져 내리고 있었다. 오래도록 잊히지 않을 체르마트의 밤이었다.

이튿날 이른 아침 마을을 산책하다가 골목 끝 저 멀리서 마 테호른 하얀 산봉우리가 시선을 끌어당겼다. 신비로웠다.

아침을 먹고 BBC에서 '죽기 전에 꼭 가봐야 할 50곳'으로 선정한, 이번 스위스 여행 하이라이트인 마테호른을 보러 산 악열차를 타고 올라갔다.

눈 덮인 마테호른이 근엄한 산신령처럼 눈부시게 우리를 굽

어보고 있었다. 스키어들이 웅장하고 아름다운 대자연을 만끽하며 바람처럼 휘돌아 내려가고 있었다. 저 대자연의 새하얀 도화지 위에 스키로 그림을 그리며 놀다 보면 누구라도 저절로 선해지고 누구라도 욕심 없이 넉넉해질 것 같았다.

이 나라는 오지의 척박하고 험난한 환경마저 이처럼 보석으로 만들어내는구나! 이웃 나라 용병으로 팔려가 돈을 벌어야 했던 그들 조상의 처절했을 인내의 세월이 결코 헛되지 않았다는 생각이 든다. 스위스는 아름답고 실속 있는 부러운 나라였다.

야외 카페에서 따뜻한 차를 마시고 지하 기념품 가게에 들러 아이들 선물을 샀다. 함께 온 일행들은 고산증으로 진즉에 서둘러 하산했는데, 우리 세 자매는 고산증 약을 먹지 않아도 아무렇지 않았다. 좋은 유전인자를 준 부모님께 새삼 감사했다.

────── 4.

로잔의 호수마을 롱트뢰 호텔에서 나와 시옹 성으로 갔다. 버스에 실려 가는데 차창 밖의 마을들이 그림처럼 아름다워 한 달쯤 주저앉아 살고 싶었다.

여행 내내 날씨마저 좋았다. 고성 시옹 성 주변을 비추는 햇살은 눈이 부시도록 맑고 투명했다.

성 아래 성당 옆 뜨락에 있는 묘지들도 저마다 환하고 개성이 도드라져 보였다. 살아서도 죽어서도 저토록 아름다운 자리에 머무를 수 있으니 얼마나 좋은가.

돌아오던 길가에 있는 작은 교회에 전시회가 열리고 있기에 들어가 보았다. 놀랍게도 한국 여성이었다. 그의 남편은 키가 훌쩍 크고 선해 보이는 은퇴한 공무원이었다. 그녀는 스위스인 남편과 함께 자신이 취미로 그린 그림들을 그곳에서 판매하고 있었다.

큰언니가 작은 새 그림 두 점을 150프랑에 샀다. 나는 그보다 화폭이 좀 더 큰, 화사한 꽃 그림이 마음에 들었지만 망설이다가 그만두었다. 날마다 이곳저곳으로 이동하는 호텔 여행인데 짐이 늘어나면 감당하기 힘들 것 같았다.

_____ 5.

스위스의 수도 베른이 한눈에 내려다보이는 장미공원으로 갔다. 주말이라 공원 잔디밭에는 가족들이 행복한 얼굴로 아이들과 놀고 있고, 연인들은 서로 마주 보고 웃으며 와인 잔을 부딪치고 있었다.

수도 베른도 아름다운 도시였다. 스위스는 어디를 가든 가는 곳마다 도시를 끼고 흐르는 강물이 맑고 투명했다. 햇살도 눈이 부시게 환해 미세먼지로 몸살을 앓고 있는 서울 생각이 절로 났다.

바리데기가 효녀가 되고 음지가 양지 된다고 하더니, 너무 척박하고 가난해 용병으로 팔려가 목숨을 담보로 가족을 먹여 살려야만 했던 스위스가 탄탄한 복지국가가 된 것이 부럽기만 했다.

그리고 매달 우리 돈으로 수백만 원씩 온 국민에게 나눠주는 것을 찬반투표에 부쳤으나 기각되었다는 소식에 놀랐다. 우리나라라면 내일 어찌 될망정 제 눈앞의 이익에 혹해서 돈을 받겠다는데 압도적 찬성표를 던졌을 것만 같아 문득 서글퍼졌다.

———— 6.

구시가지에 들렀다. 성벽에 잇대어 집을 지었다는 구시가지 비좁은 골목은 세월의 오랜 흔적이 고스란히 남아 있어서 아름답고 흥미로웠다.

나른한 몸으로 구시가지 광장 카페에 앉아 커피를 마시며 중세로 가는 시간여행에 스며들었다.

주말이어서인지 광장에는 스위스 전통의상을 입은 주민들이 손에 손을 잡고 둥그렇게 돌아가며 민속춤을 추고 있었다. 그 옆에서 몇몇 주민들이 몰고 온 멋진 골동품 자동차들이 자태를 뽐내고 있었다.

사람들은 대체로 부드럽고 친절하고 선해 보였다. 복지가 잘 되어 있어서 그런지 물질에 조바심내지 않는 여유로움이 그들의 표정에서 드러나는 듯 했다.

이번 여행은 자유 시간이 많아서 유럽의 햇살과 바람과 풍경을 충분히 즐기며 만끽할 수 있었다.

가는 곳마다 광장 근처 카페에 들러 맥주나 와인을 마시며 언니들과 함께 수다를 떨 수 있어서 즐거웠다. 무엇보다 언니들이 다리가 불편한데도 끝까지 낙오하지 않고 무사히 여행을 마칠 수 있어서 좋았다.

오랜 비행시간을 견디며 언니들이 또다시 먼 여행을 떠날 수 있을지 모르겠다. 더 늦기 전에 이렇게 세 자매가 무탈하게 행복한 여행을 할 수 있어서 참 감사한 시간이었다.

사랑스러운 나라

• 체코 •

＿＿＿＿＿＿ 체코 프라하는 사랑스럽고 아름다운 도시였다.

구시가지 민박집에서 사흘을 묵는 동안 낮에도 밤에도 네 번이나 까를교를 건너 프라하 성을 다녀왔다. 보고 또 보아도 자꾸만 보고 싶어지는 사랑스러운 도시였다.

불타바 강의 까를교에는 서른 여명의 체코 성인들 동상이 늘어서 있었는데 그중에서도 성 요한 네포무크 상 앞에 줄을 선 사람들이 유난히 많았다.

그는 왕비의 고해 신부였다고 한다. 왕비의 고해 내용이 궁금했던 왕이 물어봐도 그는 끝내 대답하지 않았단다. 화가 난 왕은 그를 처형해 불타바 강에 던졌다. 그 후 다섯 개의 반짝이는 별이 강물 위로 솟아올랐다는 전설이 전해져 내려오고 있다.

왕비의 비밀을 제 목숨조차 버려가며 지켜준 믿음직한 그에게 나도 마음이 끌려 슬그머니 사람들 틈에 줄을 서서 기다렸다. 얼마나 오랫동안 얼마나 많은 이들의 손길이 닿았던지 반질반질 윤이 나는 청동 발에 손을 얹고, 우리 손자 아토피를 거두어 주십사 하는 소망 하나를 남기고 왔다.

곳곳에서 춤추고 노래하고 그림 그리는 거리의 예술가들이 여행객을 들뜨게 하고 여행을 더욱 풍요롭게 했다. 프라하성 안에서는 골목골목 길을 잃고 헤매 다녀도 좋았다.

성에서 내려다보는 붉은 지붕들과 구름 한 점 없는 파란 하늘이 그림 같았다. 마리오네트를 조종하던 가게 앞 젊은 여자는 눈이 부시도록 아름다웠다. 프라하 성을 비추는 은은한 밤의 불빛은 신비로웠다.

성 비투 성당은 웅장했다. 알폰스 무하가 기독교를 전파한 체코 사람들을 그려 넣었다는 스테인드글라스 창 아래 오래도록 서 있었다. 성당 안 그 고요한 눈부심을 마음속 깊이 오래도록 담아두고 싶었다.

카프카 박물관에도 들렀다. 완벽할 정도로 정리가 잘 되어 있는 기품 있는 박물관이었다. 작가 사후에 그토록 융숭히 대접하고 섬기는 체코 문화 수준이 몸살이 날 정도로 부러웠다.

두 번째 날 아침, 프라하 성 여름 궁전 사과나무 위에서 노래하고 있는 까마귀를 보았다. 주둥이가 붉은 까마귀였다. 우리나라에서는 까마귀를 불길한 새라 여기는데 유럽에서는 까마귀가 길조라고 한다.

사람이나 새들이나 사랑받는 존재인지 아닌지에 따라 어여쁘고 사랑스러워 보이거나, 까칠하고 밉상으로 보이기도 한다. 길조로 사랑받고 있다는 체코의 까마귀들은 그래서 그런지 더 빛나고 기품 있어 보였다. 목청조차 어여쁘게 느껴지는 새들은 행복해 보였다.

이 나이 되도록 나는 새가 지저귀고 우는 줄 알았다. 그런데 체코에 와서 불현듯 새들이 노래한다는 사실을 깨달았다. 새들은 저마다 아름다운 목소리로 노래하는데 왜 우리 나라 사람들은 새가 운다고 했을까.

우리가 힘센 주변국에 착취당하고 빼앗기고 짓눌리며 살아온 슬픈 역사 속에서 새소리마저 자신처럼 슬피 울고 있다고 느꼈을 것이라는 생각이 불현듯 스쳤다. 가슴에 새겨진 한이 너무 깊고 아파서 새 소리조차 노래가 아닌 울음으로 느껴졌던 것은 아닐까.

체코도 오스트리아에 지배당하고 힘센 주변 나라들에 억압당한 역사가 있음에도 불구하고 이곳 사람들은 새들이 노래한다는 긍정적 사고를 지닌 것이 우리와 많이 다르다는 생각이 들었다.

사흘째 되는 날, 제스키 라이 국립공원으로 갔다. 오억 년 전엔 바다였다고 전해지는 그곳은 온갖 바위기둥들이 저마다 위용을 뽐내는 웅장한 체코의 낙원이었다.

그곳 바위 구멍에 내가 힘껏 던진 오백 원짜리 한국 동전이 단번에 들어갔다. 놀랍고 즐거웠다. 일행들도, 지나가던 체코 사람들도 손뼉을 치며 함께 기뻐해 주었다.

나흘째 되는 날은 사흘 동안 묵었던 구시가지 광장의 민박집을 떠나 프라하 외곽 유로파 거리 근처에 있는 다른 민박 집으로 트램을 타고 이동하기로 했다.

외곽의 민박집이 조금 더 저렴하기도 하고 프라하 인근 도시를 여행하려면 외곽 쪽 숙소가 시간이 절약될 것 같아서였다. 떠나려고 하니 사흘 동안 묵었던 첫 숙소에 그새 정이 들었는지 붉은 파스텔 지붕들이 훤히 내다보이는 민박집 처마 밑 테라스로 자꾸만 눈길이 갔다.

얀 후스 기념비와 매시간 정각마다 해골이 줄을 당기면 12사도의 행진이 시작되는 천문시계와 틴 성모마리아 성당이 있는 프라하 구시가지 광장을 자꾸 뒤돌아보았다.

프라하에서 트램으로 1시간 30분쯤 거리에 있는 두 번째 민박집 뜨락엔 키 큰 체리 나무 한 그루와 붉게 핀 담장의 꽃들이 낯선 우리를 반겼다.

다음날 민박집 청년이 운전하는 차를 타고 체스키 크롬노프로 향했다. 체코의 들판은 형언할 수 없이 아름다웠다. 차창 밖으로 끝없이 펼쳐진 호밀밭이 파도처럼 푸르게 일렁이고 샛노란 유채꽃과 붉은 개양귀비 꽃이 지천으로 환하게 피어있었다. 싱그럽고 어여쁜 소녀들처럼 눈부시게 환한 4월이었다.

맥주 원료로 쓰인다는 호프라는 식물도 지천이었다. 그동안 나는 맥주의 원산지가 독일이라고 철석같이 믿고 있었는데 민박집 청년이 말하기를 체코가 원래 맥주의 본고장이란다.

아하! 그렇구나! 그래서 어젯밤에 마신 맥주의 목 넘김이 그리도 부드럽고 예사롭지 않았던 거구나! 저절로 끄덕이며 인정하게 되었다.

체스키 크롬노프 성벽 아래 둥근 입구로 들어서니 마을을 휘돌아 흐르는 불타바 강이 눈부신 풍경으로 우리를 환호하게 했다. 이발사의 다리 위에서 거리의 예술가가 구슬픈 바이올린 곡을 연주하고 있었다. 기념품을 파는 가게들도 저마다 아기자기하고 예뻤다.

스트라비토 문양이 그대로 남아 있는 성에 들어갔더니 중세의 모습이 그대로 남아 있었다. 성벽에 올라가 내려다본 체스키 크롬노프의 풍경이 그림 같았다.

다음날은 온천지역 카를로비 바리로 갔다. 색채가 알록달록 밝은 건물들이 개천을 사이에 두고 울타리처럼 빙 둘러 세워진 도시였다. 명망 있는 유럽의 예술가들이 특히 좋아해서 자주 방문하던 곳이라고 했다.

우리 일행 다섯은 도자기로 된 전용 컵을 저마다 하나씩 골라 사서 세 군데 온천물을 받아 마시며 온천 도시를 돌아다녔다. 물맛은 그리 좋은 줄 몰라도 몸에 좋다고 하니 조금씩 할짝할짝 마셨다.

공원엔 오래된 나무들이 울창하고 개울가의 청둥오리들은 유유히 물 그림을 그리며 평화롭게 노닐고 있었다. 환하게 웃는 여행객들과 봄날의 풍경이 어우러진 행복한 온천 도시였다.

　다음날 여행한 쿠트나 호라는 프라하 동쪽으로 70여 km 떨어져 있는 세계문화유산 도시였다.
　다양한 형태의 조각상들이 병풍처럼 서 있는 성당 앞 성벽에서 바라본 풍경은 날씨가 좋아서인지 더 아름다워 보였다.
　은을 화폐로 사용했던 중세 시대에는 은광으로 번창해서 프라하와 나란히 서로 어깨를 견주던 큰 도시였다는데 세월 따라 은광의 은이 고갈되면서 쇠퇴하기 시작해 지금은 작은 소도시로 변하게 되었다고 한다.
　흑사병과 30년 내전으로 성당 지하실에 오랜 세월 방치되어 삭아가던 4만여 구의 두개골과 정강이뼈들로 아치형 장식을 만들고 샹들리에도 만들고 피라미드와 제단도 만들어 이색적이었다. 세상에 오직 하나밖에 없는 인간의 뼈들로 장식된 슬프고 참담하고 안타까운 예술 성당이었다.

　그곳 지하 성당에 들어가기 전에는 사실 겁도 나고 무서웠다. 그런데 들어가 보니 인간의 해골이며 뼈들이 보여주는 뭐라 형언할 수 없는 아우라가 그토록 서럽도록 아름다울 수가 있다는 사실에 놀랐다.

사람은 그저 살아서도 죽어서도 혼자보다는 여럿이 모여야 눈부시게 아름다울 수도 있고 잊히지 않는 역사도 만드는 것이라는 생각이 들었다. 이런저런 생각으로 쿠트나호라 해골 성당 지하에서 고개를 끄덕이며 한참동안 서성였다.

　전쟁도 흑사병도
　미움도 사랑도
　바람결에 흩어져
　잘 삭은 세월의 뼈만 남았다

　해골은 해골끼리
　정강이뼈는 정강이뼈끼리
　가지런히 서럽게 이마를 맞대고
　무릎을 맞대고

　수려한 문장으로
　샹젤리제로
　서로가
　서로의 그늘에 기댄
　서늘한 공동체

고통도 슬픔도 욕망조차도
오래도록 삭아서
저토록 눈부시고 고요한 것을
- 장진숙 시, '고요한 해탈' 전문

체코는 사랑스러운 나라였다. 공산주의 나라여서 발전이 더
딘 도시의 옛 풍경들은 그래서 더 고즈넉하고 기품이 있어 보
였다. 가는 곳마다 눈부시도록 아름답게 옛 신화와 전설이 생
활 속에 생생하게 살아있는 곳이었다.

프리젠 성당 뒤쪽 철문의 감촉이 지금도 내 손바닥에 생생하
게 남아있다.

역사와 문화가 살아있는 곳

• 프랑스 •

모네의 집, 몽쉘미셀과 융플뢰르

아침에 일찍 일어나 모네의 집으로 갔다. 집은 그다지 크지 않았다. 모네의 집 넓은 정원에는 수많은 종류의 꽃들이 가지가지 피어 눈부셨다.

모네는 갔지만 그의 흔적은 남아 그를 기억하며 전시회를 보고 이렇게 그가 살던 집을 방문할 수 있어서 행복했다. 모네의 방 벽에 걸린 그의 가족사진과 그의 그림들을 보고 그가 거닐었을 정원을 천천히 거닐었다.

그가 손수 만들었다는 연못 주변을 돌다가 몇 해 전 일본 나오시마 지중미술관에서 본 모네의 수련이 떠올랐다.

오래도록 그가 연못을 바라보며 그렸을 수련은 철이 일러 아직 피지 않아 아쉬웠다. 그는 가고 없어도 정원의 꽃들은 환하게 다시 피어나 그의 그림 속에서 만났던 빛의 세상이 그곳에 아직도 선명하게 남아있었다.

모네의 집에서 나와 바다 위의 수도원 몽쉘미셀로 갔다. 투명한 햇살 아래 썰물의 모래펄을 어린 학생들과 순례객이 걸어가고 있는 고즈넉한 풍경이 참 아름다웠다.

무덤 모양의 산이라는 뜻을 지닌 몽쉘미셀은 천사장 미카엘이 이 섬에 수도원을 지을 것을 명했다는 전설 같은 이야기가 전해지고 있다. 그래서 그런지 바위산 전체가 수도원으로 조성되어 있었다. 평소에는 모래밭 위의 수도원이지만 조수간만의 차가 커서 바닷물이 순식간에 밀어닥치면 물 위의 외로운 섬으로 변하곤 한단다.

몽쉘미셀은 1979년 유네스코 세계 문화유산에 지정된 8대 불가사의 중 하나라고 한다. 단단한 바위섬에 수도원을 지은 옛사람들의 지혜와 노고와 정성이 놀라울 따름이다.

창밖으로 몽쉘미셀이 액자처럼 담기는 아름다운 레스토랑에서 점심을 먹었다. 달팽이 요리가 나왔는데 너무 맛있어서 한식 생각이 전혀 나지 않았다. 나는 유럽 체질인가. 전생에 유럽에서 살았던 것 같다는 엉뚱한 생각에 잠시 빠져보았다. 가이드가 우리 모두에게 샴페인을 샀다. 샴페인이 달팽이요리를 더욱 풍미있게 해주었다.

오후에는 노르망디 융플뢰르로 갔다. 프랑스에서 가장 오래된 고딕 양식의 목조 교회가 있는 아름다운 항구도시였다. 인상파 화가들이 좋아해서 부뎅, 모네, 르누아르가 와서 그림을 그렸던 곳이라고 한다.

화방이 많은 그곳 거리에서 언니들이랑 망고 아이스크림을 사들고 골목에서 그림이며 예술품들을 기웃거리며 구경했다. 달지 않고 담백하며 부드러운 맛이 나는 아이스크림이 정말 맛있었다. 생애 최고의 아이스크림을 그곳에서 만난 셈이다.

랭스에서 루앙으로

랭스 대성당은 역대 프랑스 국왕들의 대관식이 열리던 곳이다. 그래서 랭스를 대관의 도시, 왕들의 도시라고도 한다. 웅장하고 기품이 느껴지는 성당이었다.

노트르담 루앙 성당은 모네가 연작으로 그림을 그렸을 만큼 독특하고 아름다웠다. 이곳에서 샤갈이 그렸다는 아름다운 스테인드글라스 세 쪽 창문 그림을 보니 반가웠다. 너무나 아름답고 신비로웠다.

노르트담 성당 광장에 앉아 있을 때 젊은 청년 둘이 기타를 연주하고 있었다. 연주가 끝나고 작은 언니가 그들 곁으로 가더니 엄지를 치켜세우며 5프랑을 건넸다. 청년들이 환하게 웃으며 즐거워하는 것을 보니 우리도 덩달아 즐거워졌다.

랭스 쁘랭땅 백화점에서 작은 언니가 멋진 줄무늬 셔츠를 사주었다. 언니가 사준 셔츠를 청바지에 곁들어 입고 몽생미셸에 갔다. 광장 근처 와인 가게에 들어가 내가 고른 와인 가격을 물었더니 50여만 원이라고 한다. 좀 더 저렴한 것으로 고르려다가 그만 두었다.

그런데 요즘 문득 후회가 된다. 그때 그곳에서 와인을 한 병살 걸 그랬다고. 내가 만난 그 순간의 선택이 나에게 꼭 필요한 삶의 마중물이었을지도 모르는데 나는 매번 망설이다 놓쳐버리곤 했다는 아쉬움이 들었기 때문이다.

센 강 하구에 있는 루앙으로 갔다. 배를 뒤집어 놓은 모양의 건물이 눈에 들어왔다. 잔 다르크가 화형당한 장소라고 했다. 그 자리에 키 큰 십자가가 하나 서 있었다.

구 시장 광장을 돌아다녔다. 루앙은 프랑스 백년전쟁의 영웅인 잔 다르크가 숨진 도시였다. 나라를 위해 군인이 되어 지지부진한 백년전쟁을 승리로 이끌었던 그녀는 열아홉 어린 나이에 영국군의 포로가 되었다. 거액의 몸값을 요구하는 영국군의 요구에 샤를 7세는 응하지 않았다. 그 후 잔 다르크는 결국 억울하게 마녀로 몰려 참혹하게 사형을 당한다.

어린 시골 소녀가 어찌 군인이 되어 그 오랜 전쟁을 승리로 이끌 수 있었을까. 기적 같기도 하고 전설 같기도 하다. 그녀를 기리는 프랑스 사람들에게 그녀는 영원한 성녀로 그곳에 남아 있다.

1년 후, 같은 날인 4월 16일, 노트르담 성당 화재 소식을 뉴스에서 보고 깜짝 놀랐다. 아름다운 성당의 고딕 첨탑들이 화마에 허망하게 무너져 내리는 것을 보며, 일 년 전 눈부셨던 그곳에서의 내 여행의 추억도 함께 무너져 내리는 것 같았다.

되짚어 생각해 보니 그날 노트르담 성당을 올려다본 첫 느낌이 왠지 빛이 바래고 고단하고 적막해 보였던 것 같다. 지붕이 그을린 듯 어두운 안색으로 다가왔던 것도 우연만은 아니었다는 생각이 들었다.

신전의 나라

• 이집트 •

여행 첫날 만난 사막 위의 인공도시 두바이는 화려한 종이꽃을 닮은 도시였다. 비가 오지 않는 도시라 그런지 나무들의 생장이 부실해 보였다. 야자수 모양의 단지로 설계해 지은 집들은 빈집처럼 고요했는데 대다수 집들이 1년에 한 달쯤 휴가를 보내러 오는 외지인의 별장이라고 한다.

낮에는 향료시장과 금 시장에 들렀다가 수상택시와 모노레일을 타고 인공도시를 구경했다. 버터 비누도 사고 10달러를 내고 이집트 전통 무늬 옷도 샀다.

오후에는 21세기 바벨탑으로 불리는 버즈 칼리파에 올라갔다. 우리나라 롯데타워와 별다르지 않았다. 내려다보이는 사방이 황량해서 별다른 감흥은 느낄 수 없었다. 언니와 둘이 그 빌딩 안 찻집에서 처음 보는 차를 마셨는데 향기로웠다.

버즈 칼리파에서 나와 배를 타고 바다로 나갔다. 해 질 무렵 도시와 바다의 풍경들이 곱게 물들어가며 저물어가는 것을 배 위에서 지켜보았다. 사방이 어두워진 후에는 버즈 칼리파의 분수 쇼도 관람했다. 황홀하고 아름다웠다.

이튿날 이른 새벽에 일어나 호텔에서 싸준 도시락을 들고 버스에 올랐다. 차창 밖 이집트의 풍경은 너무 스산했다. 그래서 더 마음이 아팠다. 오랜 내전으로 할퀸 흔적들이 그대로 방치된 채 거리엔 쓰레기들이 넘쳐나고 거리의 사람들도 동물들도 야위고 고달파 보였다.

　나라를 다스리는 지도자와 정치가들이 종교 때문에 서로 다투느라 이집트의 찬란했던 옛 문화도 환경도 사람도 저토록 무기력해진 것인지 안타까웠다. 우리가 탄 버스와 천천히 비켜 지나던 트럭 뒷자리의 히잡 쓴 여자와 문득 눈이 마주쳤다, 여자가 손을 흔들며 수줍게 웃어준다.

　카이로에 도착해 고고학박물관으로 갔다. 수천 년 고대 이집트 역사가 남긴 유물들이 거만하고 완고한 눈길로 우리를 맞았다. 첫인상에 깊숙이 새겨진 황량한 이집트의 풍경이 자꾸 따라다니는 바람에 람세스 2세 상과 오랜 유물들마저 외롭고 쓸쓸해 보였다.

　박물관 관람 후 야스완 행 기차를 타러 카이로 역으로 갔다. 연착한 기차를 지루하게 오래 기다리는데 시선을 끄는 한 이집트 엄마가 일곱 남매를 데리고 앉아있다. 이집트에 희망이 있다면 아마도 다산일 거라는 생각이 문득 스쳤다. 우리나라 1950년대처럼 이 나라도 분명 다시 일어설 것이라는 근거 없는 확신이 들었다.

　어두워져서야 야스완 행 기차에 올랐다. 2인 침대가 있는 3호차 17, 18객실을 배정받았다. 너무 비좁고 누추하고 어설펐는데 작은언니랑 함께여서 금세 적응하며 즐거워졌다.

이번 여행을 함께 하게 된 사람들은 부족한 것들을 서로 나누었다. 어떤 분은 비싼 양주병을 들고 다니며 한 잔씩 나눠주었다. 그날 밤 얻어 마신 술 한 잔 덕분이었는지 잠자리가 불편했는데도 잘 자고 일어났다.

이튿날 아침 기차 회사 측에서 제공하는 도시락을 가져다주었지만 먹지 않았다. 입맛이 당기지 않아 가져간 누룽지를 끓여 먹었다. 해가 뜨는 차창 밖 풍경이 다른 세상에 온 듯 새로웠다. 야자나무들이 우거진 야스완은 풍요로워 보였다.

사흘 동안을 지낼 나일 강 크루즈 배에 짐을 두고 산책을 다녀오니 어느새 저녁이었다. 선상의 저녁 식사는 정말 풍성하고 맛있었다. 저녁을 먹고 수영장과 편안한 썬베드가 있는 선상으로 올라가 맥주를 마시며 언니가 스마트폰에 담아 온 노래를 들었다. 얼굴을 스치는 아열대의 강바람이 너무 달콤해서 행복해지는 아름다운 밤이었다.

다음날 아부 심벨의 람세스 2세 대신전과 사랑과 행복의 여신 레페르타리 소신전을 보러 갔다. 나일 강 서안의 사암 절벽에 만들어진 이 신전은 1813년에 재발견되었다고 한다.

20m나 되는 람세스 상은 절벽을 등지고 있고 2개는 신전 입구 양쪽에 수문장처럼 서 있었다. 람세스 상의 발 둘레에는

왕비 네페르타리와 그 자식들이 조각되어 있었다. 태양신에게 바쳐진 것이라고 했다. 신전 내부는 왕과 왕비의 상과 함께 왕의 생애와 업적이 채색 부조로 장식되어 있었다.

콜롬보에서는 악어 머리의 세베크 신과 매 머리를 한 호루스 신을 모신 콜롬보 신전을 보았다. 기둥과 벽화를 장식한 돌 을새김이 아름다웠다.

11월 15일. 선상의 2층 식당에서 4층까지 음식을 담은 접시와 커피를 들고 계단을 올라갔다. 찬란한 아침햇살과 마주하며 식사했다. 나일 강을 오르내리는 크루즈 선상에서 맞이한 아침이 눈이 부시도록 아름다웠다.

오전에 마차를 타고 이집트에서 가장 보존이 잘 되었다는 아름다운 에드푸호루스 신전로 갔다. 신전의 내부 성소에는 호루상을 감춰두었다는데 연마한 돌로 만든 사당만 남아있었다.

이집트는 신전의 나라였다. 발길 닿는 곳마다 거대한 신전들이 우리를 맞았다. 수천 년 전 이집트 사람들의 염원은 그토록 절박하고 간절했는지 모른다.

룩소에서 마부의 기울어진 여윈 어깨에 얹혀있는 삶의 고단함이 내게도 전해지는 것 같았다. 마차를 타고, 소란한 시장을 지나 어두운 골목을 지나 마차는 신전을 향해 터벅터벅 달렸다. 바람 속에 떠도는 말똥 냄새가 역했다.

멤논의 거상이 있는 룩소는 마을 전체가 유네스코 세계문화유산 유적지였다. 합세수트 여왕이 만든 웅장한 장제전과 파라오의 무덤들이 있는 왕가의 계곡과 거대한 카르낙 신전과 룩소 신전이 그곳에 있었다.

람세스 2세 신전은 닫혀 있었다. 타국의 정상이 방문할 때만 열린다고 했다. 저 많은 신전을 세우기 위해 얼마나 많은 이들의 피와 땀과 노동이 필요했을지 생각할수록 가슴이 아프다. 현실이 죽을 만큼 힘들고 아파도 내세의 영생을 믿으며 견뎠을 그 사람들은 그 후 영생에 들어 편안하고 행복해졌을까.

나는 지금 이곳에 현세의 만족과 행복을 위해 여행을 왔다. 이곳에 와보니 내세의 영생보다 현재가, 지금 이 자리, 이 순간이 더 소중하게 느껴진다.

2019년 11월 16일. 홍해의 휴양도시 후르가다에 도착했다. 대저트로즈 리조트는 사막의 나라 이집트의 오아시스였다. 꽃과 나무들이 우거진 아름다운 정원과 수영장이 잘 가꾸어져 있었다. 다양한 음식들은 만족스러웠고 객실도 유난히 넓어 좋았다. 언니랑 아름다운 정원과 수영장 주변을 산책하며 시간을 보냈다.

늦은 오후에 출발하는 사막 사파리를 다녀왔다. 해 질 무렵 모래 언덕 위에서 마주친 거센 바람과 황량한 풍경이 매우 인상적이었다. 어둠 속에서 사람은 보이지 않고 카랑한 목소리만 들리던 배두인 마을에서 주먹만 한 커다란 별이 뜨던 사막의 밤은 몹시 추웠다.

가이드가 준비한 누룽지를 종이컵에 나눠 담고 뜨거운 물을 부어 마셨다. 고개 젖혀 올려다본 하늘의 그 눈부신 별들도 인솔자의 어둠 속 감성 짙은 노래도 오래도록 잊을 수 없을 것 같았다. 스마트폰 카메라로는 빛나는 사막의 별들을 다 담을 수 없어 너무도 아쉬웠다. 어둠 속에서 빛나던 별빛 하나만 오롯이 내 마음 깊은 곳에 담아왔다.

2019년 11월 17일 카이로 기자 언덕의 피라밋과 스핑크스를 보러 갔다. 땀을 흘리며 좁은 통로 계단을 힘겹게 올라가니 빈 석관 하나만 우두커니 어둠 속에 앉아있었다.

쿠푸 왕과 그 아들 카프레 왕과 손자 멘가우레왕의 피라미드가 나란히 바라보이는 언덕에 두 팔을 활짝 벌리고 서서 생각했다. 이집트 고대 왕들이 사후에 들어갈 거대한 저 무덤들을 짓기 위해 사람들이 얼마나 애를 썼을지 얼마나 많은 피와 땀과 수고가 깃들었을지 등 굽은 낙타들을 보며 문득 눈물겨웠다.

하지만 그 덕분에 먼 나라의 나조차 피라미드를 보러 이곳
까지 온 것을 생각하면 역사도 문화도 정치조차도 빛과 그늘
이 함께 공존하는 세상의 이치를 생각하게 된다.

2019년 11월 8일 전망 좋은 카이로 힐튼호텔 21층에서 마
지막 밤을 보내고 다음 날 낮에 이집트 항공기를 타고 4시간
후 아부다비공항에서 인천행 아시아나로 환승 귀국했다.

바지랑대가 있는 풍경

1판 1쇄 발행 2024년 8월 01일

지은이 장진숙
발행인 김소양
편 집 권효선
마케팅 이희만

발행처 도서출판 우리글
출판등록번호 제321-2010-000113호
출판등록일자 1998년 06월 03일
주소 경기도 광주시 도척면 도척로 1071
마케팅팀 02-566-3410 **편집팀** 031-797-3206 **팩스** 02-6499-1263
홈페이지 www.wrigle.com

ISBN 978-89-6426-111-8   03810

잘못 만들어진 책은 구입하신 서점에서 교환해드립니다.